介護、その喜怒哀楽

－母と共に闘った1909日の記録－

京都ノートルダム女子大学 教授
吉野 啓子

朝日出版社

はじめに

母が他界した後は、来客や仏事そして仕事などで、悲しみに沈む時間もなく、日々を過ごしておりました。母の介護をして6年。長いようで、短い年月でした。つらいとか、苦しいとか、そのようなことは考えたこともなく、ただ母に日々快く過ごしてもらえたら、というのが私の、いえ私たちの気持ちでした。

ちょうど初盆を終えた後、テレビや新聞などのメディアで、いわゆる老老介護や介護疲れなどの問題が頻繁に取り上げられていました。高齢の親の面倒をみることができず、無理心中する事件が多発していたのです。

そのようなニュースを見聞きするたびに、どうして親を死に至らせることが出来るのか、不思議でした。親は大変な思いをしたり、苦しんだりしながらも、子供（たち）を育ててくれたのではないのか、無私の状態で子供を育ててくれたのではないのではないかと。それなのに、「介護に疲れた」「生きるのが嫌になった」と死を選択し、親を死に至らせて自分は死にきれなかった、といった事件が続きました。私は介護を「つらい」「苦しい」と考えたことはありませんが、もしそのような考えが浮かんだとしたら、「自分が思っている何倍もの苦しみを経験しながらも、親は自分を育ててくれたのだ」と考えるだろうと思います。

確かに、親の老化を目の当たりにするたびに、悲しく、つらい気持になります。避けられないことだとわかっていても。また、つらそうな様子をしている親を見て、何もしてやれない自分を情けなく思うことも多々ありました。しかし、どんな形であっても、親には生きていてもらいたいと、いつも心からそう思っていました。

今この時にも、私たちが経験してきたことと同じ経験をしておられる方々もたくさんおられると思います。ただただ必死で日々を過ごしておられる方、めげそうな方、何もかも投げ出そうとしておられる方など。でも世間では、同じような経験をしている人間がたくさんいるのです。整形外科医をしている友人がある時、言いました。「皆、通る道や」と。

医者だから冷静に判断出来て、そのように言えるのだと当時の私は思いました。しかしよく考えると、彼も高齢の両親を、開業しながら、遠い実家と往復しながら看ていたことを思い出し、経験から出た言葉なのだと思いました。

人間誰しも、一刻も早くつらさや苦しみから逃れたい、切り離されたいと思います。しかし他者を害してまで、自分だけ楽になりたいでしょうか？　自分を育んでくれた親、兄弟を傷つけてまで自分だけ楽になりたいと思うのでしょうか？

親は子供の為に生きてくれていました。子供は、その親の為に生きてもいいのでは、と思うのですが……。

親の介護でつらいと思ったことはありませんでしたが、親の老化を見て、それを阻止できない自分の無力さが歯痒い、ということは何度も思いました。最終的に学んだことは、親の「老い」に向き合うことでした。慌てず、試行錯誤しながら細く長く、親と共に歩みました。それがこの記録です。私の経験が、少しでも読んでくださる方のお力になればと願っております。

２０２０年　３月吉日

吉野　啓子

介護、その喜怒哀楽——◉目次

第1章

若かりし頃の母

母は生粋のお嬢様

母の生家は母の祖父が手広く「植庄」という造園業を営んでいました。当時、近隣に住む男性たちの多くは母の祖父が営む会社に勤めていたのだとか。そのため、母と母の妹は、幼い頃から生粋のお嬢様として育てられたようです。

従業員に事欠かない状態だったので、母の幼稚園の送迎は、その方々の誰かがしてくださっていたそうです。「××地区の○○さんに、よく送り迎えをしてもらった」と母はよく話していました。具体的に名前を言われても、私はその方のことは全く分かりませんでしたが。

今でこそ幼稚園はたくさんありますし、ほとんどの幼児たちは幼稚園に行きますが、母の頃は幼稚園が少なく、あっても遠かったので、もちろん通園する園児も少なかったようです。だから、母の祖父は孫娘の幼稚園の行き来を心配し、彼の信頼できる従業員に母の送迎を頼んでいたのでしょう。

小学校入学後は、単なるお嬢様というだけに留まらず、エリートの道を歩んでいきます。スポーツは勿論、成績も常に1番か悪くて2番だったようです。母は、自分のことを一切言わなかったのですが、私の祖母（母の実母）から聞いて知ることができました。

確か私が小学校の頃のこと。ある日祖母が大きな箱を持っていて、私を手招きして部屋に入れました。その箱に何が入っているのか興味津々の私はドキドキしながら、祖母がその箱を開けるのを見守っていました。

祖母が箱を開けると、そこには母の小学校1年生からの成績表や表彰状がたくさん入っていました。祖母は、それを1枚ずつ私に見せてくれました。成績表には同じ文字ばかり並んでいましたが、私はまだその文字を読むことができませんでした。「これは『優』と言って、今でいう『5』のこと。いちばん良いということなのよ。ほら、優ばかりでしょう?」と説明してくれました。その時に初めて、優を「ゆう」と読むことや、それが当時の私たちの成績表では「5」にあたるもので、成績がいちばん優れているという意味であること、そして母は勉強ができて成績が優秀だったということを知ったのです。

思い返すと、その頃私の成績に初めて「4」が現われた時期にあたります。そのため、祖母にしてみたら「これは大変!」と思ったのかもしれません。「あなたの母は、これだけの成績をとっていたのよ。頑張りなさい」というエールを送りたかったのだろうと後になって気が付きました。その時子供心に、「4はダメなんだ」ということ。それ以来私は「4」という数字が嫌いになってしまいました。

何事にも優秀だった母は、府立の有名女学校を受験しました。合格発表当日は、まだまだ時間が早いのに、母の祖父は校門の外で待っているからと言って早々に家を飛び出していったそうです。今思うと、母の祖父は、孫がかわいくて仕方がなかったのでしょう。

女学校へは、近所で一浪して同じ女学校へ入学した方と、長い通学の道のりを自転車で通ったそうです。戦時中だったので、途中「B29」という爆撃機が飛んできたりして、その時は、自転車を降りて川岸に降り、それが飛び去るまでじっとしていたそうです。また、女学校時代は、勉強は勿論、硬式テニスなどをしていたそうで、そのラケットは今でも残っています。

女学生時代の母

女学校卒業後の母は、家業を継がなければならないという長女としての責任感からか、おとなしくお見合いをしたそうです。母の実母である私の祖母は、当時を振り返って「あの子(母のこと)が、私たちの言うことを聞いてお見合いをしてくれるなんて思ってもみなかったわ。きっと無視されると思ったけれど、長女なのでお祖父ちゃんのことや家業のことを考えてくれていたのかなぁ」と言っていました。

私がこの話を聞いたのは大学生の頃でしたが、祖母の「長女だから」という言葉はずっしりと感じました。私も同じ長女ですから、その立場の重みを、祖母の言葉や母の行動で理解できたように感じます。

結婚後の母の生活は、それまでの生活と一変しました。戦後の日本の大変な時期。誰もが生活するだけでも大変な時期だったので、庭を愛し、愛でる余裕はありません。母の祖父が立ち上げた「植庄」もうまくいかず、事業の縮小を余儀なくされました。その上、母を限りなく可愛がっていた祖父の死なども重なって、家業が成り立たなくなっていったのです。その後は、大変な苦労の連続だったと聞いています。

父との婚約時代の母

母に教えられたこと、母から学んだこと

母は大変なお嬢様として育てられながら、いわゆる才色兼備に成長し、家のために見合い結婚をしました。その後、家業は傾いてしまって大変なことになるのですが、それでも両親は私たち子供に対しては、人並み以上のことをしてくれたと思います。私たちの家族は、も

ともとは私と妹の下にもう一人、弟がいました。残念ながら、弟はわずか5歳で白血病のためにこの世を去ってしまいましたが、私にはピアノ、妹には日本舞踊、弟にはバイオリンと考えていたようです。

当時はまだ小学校の3、4年生の頃でしたが、弟の病気の発覚と闘病生活はとても大変だったことを覚えています。1年の闘病生活でだんだん細く小さくなっていく弟を見るのは子供心にとても辛いものがありました。当時は、今のように血液銀行などもなかったので血液を買っていたようです。入院療養費だけでも大変なのに、輸血のために血液を買う代金も莫大だったようで、土地もたくさん手放したと後で聞かされました。しかし結局弟は亡くなりました。

彼の死後しばらくは、目に入るところに小さなバイオリンがありましたが、いつの間にかなくなっていました。誰がどのようにしたのか分かりませんが、子供心に大きな風穴があいたように一層寂しく感じました。

我が家は祖父も父も入り婿という女系家族です。ですから、弟が亡くなったということは、両親にとって大きな悲しみとなっただけでなく、祖母にとっても唯一の男の子を亡くした喪失感は想像を絶するものだったと思います。彼の死は、祖母や両親、私たち姉妹に大きな打撃を与えました。

なかでも特に大きな悲しみを感じていたのは母でした。弟の死後、母は気が狂ってしまったのではないかと思うくらい、ずっと大きな仏壇の前に座っていました。その姿を見るたびに、もし気が変になってしまったら、その母を自分はどのように世話していけばいいのだろうと真剣に考えたことを覚えています。我が家に再び訪れた大変な試練でした。

母は、私に3歳半頃からピアノを習わせてくれたそうです。自分はお嬢様で育ち、習い事もお嬢様業としての習い事だったので、中途半端なことはダメだと悟ったのだとか。よく「芸は身を助ける」と言いますが、地位や名誉、財産などは一瞬にして無くなることがありますが、知識や技術として身につけておけばなくならないというのが母の持論でした。そしてそれは、自分自身の経験から得たものだったのです。

そのためか、母は私のピアノのレッスンの時は、いつも後ろに立って見てくれていました。いつも叱られるので逃げ出したい時もありましたが、小さかったので椅子から一人で降りられず、観念して、母が「はい、

孫の大と自宅のピアノに向かう母

今日はここまで」と言って私を椅子から降ろしてくれるまで耐えていました。

ある時、「どうしてこの楽譜が読めないの？」と母が強く言いました。読めないのではなく、目に涙がいっぱい溜まって楽譜が見えなくなっていたのです。手で拭えばいいのですが、両手で鍵盤を抑えているのでそうもいかず、目を瞬かなければなりませんでした。その時に、顔を真上に向けてそれをしたとき、涙が落ち、母の顔がはっきりと見えました。同時に、母が泣いていることに気が付きました。驚いてしまってどうすればいいのか分かりませんでしたが、その後は必死にレッスンに励みました。

その後随分経ってから母は私に言いました。「あのね、啓子が何事もきちんとしてくれたら、明美や勝ぼん（弟の愛称）もそれを見習うんだから」と。いつも私ばかり叱られている理由がこの時に理解できました。兄弟のいちばん上だからだったからなのです。

小学校に入学すると、母は帰宅後すぐに勉強とピアノをみてくれました。私は勉強の時に叱られて泣き、ピアノでも同じ。その試練に耐えて、ようやく私は遊ぶことが出来ました。その様子を見ながら、祖母はいつも「勉強でひと泣きして、ピアノでひと泣きして釈放か。でも賢くなってほしいと思うから、あのように怒るのよ。頑張ろ」と言っていつも私を励ましてくれていました。

ある時テレビで、「〇〇さんが、十年の刑期を経て釈放されました」というニュースを聞いたとき、「すごい、この人、十年もの長い間、ずっと勉強とピアノを続けてきたんだ。なんて偉い人なの」と感動したことがありました。今思うと、笑い話ですが……。

英語に関しても、私たちがまだ幼い頃から英語を身近に感じられるように仕向けてくれていました。単語を日常会話の中に入れ、前後関係で意味を判断できるようにしたり、色んな物を英語で言ったり。中学入学後は、辞書の使い方や発音記号の読み方などの手ほどきをしてくれました。自分で予習が出来るようになるまでの数か月は、丁寧にみてくれていたように思います。母の年頃で、たとえ片言でも外国語を話す人は少なかったと思います。私は、世の中のお母さんは皆そうだと思っていたので、お友達の家に遊びに行った時にそうではないことを知り、とても驚いたものでした。

また、とてもお茶目なところもあって、たとえばイタリア料理を食べると人差し指を頬に当てて「ボーノ」とほほ笑み、「ボンジュール」と挨拶すると「ボンジュール」と返ってきます。年を取って病院や施設に入ってからもそれは変わることなく、看護師さんやヘルパーさんが「お母さん、外国語喋らはるんですね」とよくおっしゃっていました。そのたびに、私は「私に外国語を教えた張本人は母ですから」と答えていました。

私は世の中のお母さんは全て、子供が学校から帰ってきたら勉強やピアノをみてくれるものと思っていたし、日本語ではない言葉を使ったり、子供と一緒にお菓子を作ってくれたり、いつも素敵な洋服や服を着せてくれたりしているものだと思っていました。ところが、小学生ともなれば子供なりに現実を知ることになります。その時は、悔しいけれど母に感謝しなければならないと思ったことを覚えています。

母の好きだったもの

我が家は、祖母も父も皆そうなのですが、母もまた美味しい物しか口にしませんでした。まぁこれは、皆さん好きなものもあれば嫌いなものもあるでしょうから、当たり前といえば当たり前なのですが……。食べ物に関して、母の好物といって思い出すのはビールとチョコレートです。

母は、暑い時はもちろん寒い時も、毎日のように日本の決まったブランドのビールを好んで飲んでいました。ビールに興味のない私からすればどれも同じではないかと思っていたのですが、そうではないのですね。

孫の大を傍らに、大好きなビールを楽しむ母

私がビールを初めて飲んだのは英国留学中の時のことでした。ハーフパイントの量のビールを初めて飲み、それからワンパイントの量が飲めるようになりました。その後、ドイツ人の友人に教えられて、ドイツでも飲み、ヨーロッパ各国のビールを味わいました。ヨーロッパのビールは全体的にあまり苦みがなく、美味しく飲めたのですが、帰国して飲んだ日本のビールは苦くてとても飲めませんでした。

母の味覚からすれば全く逆のことで、母は常々「日本のビールは美味しいけれど、外国のビールは美味しくない」と言っていて、それを実感した形です。母にとって、ビールの美味しさや味わいは、苦みにあるというわけです。私は苦みが苦手なので、日本のビールはほんの少ししか飲めないのが残念です。

もう一つの好物であるチョコレートは、ビールのように毎日というわけではありませんがよく食べていました。母のチョコレート好きは海外にいる私の友人たちにも知れ渡っていて、母の誕生日やクリスマスにはカナダ、ドイツ、アイルランドなどからチョコレートが送られてきます。それぞれお国の特徴が出ているので、それぞれの包装をじっくりと眺め、しっかりと味わっていました。私も時々お相伴するのですが、それだけ大好きなチョコレートも、唯一の孫である犬のためにいつも残してやっていたのが印象に残っています。

私たち姉妹にあまり手がかからないようになった頃、母は、釣り三昧、同時にゴルフ三昧にと、いわゆる不良になっていました。週末はどちらかに行っていて、母がいないことが普通でした。お友達が家に来ても母はいつも留守なので「お母さんいつもいないけど、死んでいないの？」と友達に言われたこともありました。

釣りに関しては、これは私にとってはとても迷惑な母の趣味でした。というのは、当時の私はあまり魚が好きではなかったので、釣ってきてくれた魚を食べさせられるのが迷惑千万だったのです。祖母は「せっかく釣ってきてくれた魚だから、ありがたくいただきましょう」と言うのですが、私には全くありがたくありませんでした。

ゴルフに関しては、私が大学に入学した頃、世間は大変なゴルフブームでした。同級生たちもどんどんゴルフを始め、私もスポーツは嫌いではなかったので、母から勧められるままに始めました。ところがある日、庭で母とスウィングの練習をしている時に、ドライバーで母の頭を打ってしまったのです。その時の恐怖は今でも覚えています。その事故以来、私はゴルフのクラブを握ることができなくなりました。そんなことがあっても母はずっとゴルフを続け、家には今も母のトロフィーや盾がゴロゴロしています。

母が趣味に没頭できたのも、私と妹の面倒を祖母がみてくれていたからだと思います。母は私に対してとても厳しかったので、どうしても私は母を避けてしまいがちでした。一方、祖母はいつでも私を励ましてくれたので嬉しい存在でした。たとえば、小学生の頃は、帰宅して「ただいま」と言うと、母が「お帰り」と言ってくれても、祖母が「お帰り」と言ってくれるまでランドセルをおろさずに家じゅう祖母を探し回りました。母からすれば、かわいくない子だったのかもしれません。私は幼い頃から母に叱られてばかりだったので、反発もあったのかもしれません。ですから、母が不良化して家にあまりいないことは、私にとって良い傾向だと思っていました。

父と母、妹やその家族との交流

父が生きていた頃は、夕食には父のために燗酒、自分のために好みの銘柄の缶ビールを準備していましたが、父の死後母は自分の缶ビールだけを準備して、食卓のホスト席に座るようになりました。父が亡くなった後の母は、存命中と変わらないように気丈に振る舞ってはいました。喜怒哀楽を出さない母は口には出しませんでしたが、父の月命日には大好きなお酒を備えて偲んでいるように思われました。母はどのような心境だったのか直接尋ねたことはありませんでしたが、寂しい思いをしていると思い、母の好物の刺身などで母のビールを少しお相伴するようにしていました。

母と父は見合い結婚で、父が肺がんで亡くなるまで54年添い遂げました。父の病気に気づいた時はすでに手遅れで、余命半年と宣告されて入院したら1カ月も経たずに亡くなってしまいました。父は病院が嫌いで脱出をたくらみ、看護師さんたちの詰所から見える個室に監禁となりました。

母も病院が嫌いで、耳の治療を怠ったために少し聞こえにくくなっていました。しかし補聴器を嫌がり、ずっと避け続けていました。それでも父が入院したことで、病院からも「父から目を離さないように」と強く言われたので、できるだけ母が病室にいるようにしていました。そのために、病室で大声で話すわけにもいかず、遂に観念して補聴器を片方だけ付けるようになりました。耳道に器具を入れるため、外からは付けているとは全く分からない補聴器でしたが、それでも髪の長さは耳の下までと行きつけの美容師さんに伝えていました。どこまでも完璧を目指す女性だったのです。

母が51歳の時に、私の妹の一人息子、母からすれば最初の孫である大が生まれました。しかし、母は自分が「おばあちゃん」であることに抵抗を示したのです。「まだ自分はおばあちゃんではない」と。

当時は、私と妹のおばあちゃん（母の実母）も存命中であったこともあり、母は自分がおばあちゃんと呼ばれることに抵抗があったようです。大が話せるようになった頃から自分のことを「お母さん」と呼ばせていました。父は「どうでもいい」と思っていたようですが、母はかなり抵抗をしていました。大は母親明美のことを「ママ」と呼んでいたこともあって、母親の母親は「お母さん」と呼ぶものだと彼なりに、理解していたのかもしれません。

私たち家族の間はそれで何の問題もなかったのですが、大が幼稚園の時に敬老の日のおじいちゃんおばあちゃんの出欠に関して、大はいつも家で言っているように、先生に「参観にはお母さんが来ます、と先生に言いなさいとママが言っていました」と伝えました。それで、担任の先生が混乱されて、わざわざ電話を掛けてこられたとか。

年齢への抵抗か、老いへの抵抗か？　母の辞書には、おばあちゃんという単語がなかったのでしょう。いつまでも若々しい一人の女性でいたかったのかも知れません。（かくいう私も、大の伯母にあたるのですが、伯母さんではなく、「ねえねえ」と呼ばれているので、母と同じようなものなのかもしれません……）

今となっては、母の真意を知ることはできませんが、母の同級生の方々と比べると、確かに母は若く見えましたし、生き生きしていました。しかし、その方々より遥かに早く母は先に召されてしまったのです。

第2章

母の闘病日記

第1部

緊急搬送されたW病院にて
ある日突然始まった、母の闘病生活

◆2013年2月17日（日）

この日の朝、母が倒れた。朝、仏様への給仕を済ませて外へ出ようと玄関のドアを開けたら、そこに母が倒れていたのだ。驚いて駆け寄ってみると意識はあるようだが、抱き起こして家へ運ぼうとしても私一人では動かすことができない。それで、必死になって母に語りかけた。

「救急車呼ぶ？」と尋ねると首を横に振る。仕方なく、「じゃあ孝ちゃん呼ぶ？」と尋ねると今度は首を縦に振ってくれた。孝ちゃんは私の祖母の従兄弟の娘にあたる人で、家の向かいに住んでいる菊田孝子さんのこと。母とは年齢も近く姉妹のように仲良くしていて、私も何かとお世話になっている人だ。

お向かいの孝ちゃんの家へ駆け込んで事情を話すと、すぐに来てくれた。母にお構いなく救急車を呼び、私には「寒いから毛布を持って来て」「健康保険証とお金を用意しとき」など指示をしてくれた。救急車が到着してもなかなか搬送先の病院が決まらずやきもきしたが、最終的にはW病院へ運ばれることになった。父が入院した時のことを思い出して少し嫌だったけれど、これればかりは仕方がない。妹の明美にも電話で状況を伝えた。

病院へ着くとすぐに処置室へと運ばれ、しばらく後に母の病状についてドクターから説明があった。「右脳に大きな出血があります。もし、出血が頭全体に広がっていたら手の施しようがなかったかもしれませんが、幸い早く処置することができたので出血を止めることができました。ただし時間が経てば出血は小さくなるので、敢えて手術の必要性はないでしょう」とのこと。ただし「出血のために失語症の可能性がある」ということと「左上下肢に麻痺が残るので、月曜日くらいからすぐにリハビリをしましょう」とも言われた。このような説明を受けてから、ＩＣＵの母の様子を見守った。

それからすぐに妹の明美夫妻も駆けつけてくれたので、ホッと一息つくことができた。やはり一人でいろいろと緊張していたのだと思い知らされる。改めて時計を見るとすでに12時前になっていて、慌てて外へ出た。孝ちゃんが「お昼にお弁当を持って様子を見に行くわ」と言ってくれていたことを思い出したのだ。外へ出るとちょうど孝ちゃんが来てくれたところで、食欲はなかったけれど、孝ちゃんと一緒にお弁当を食べながら母の病状について話をした。孝ちゃんは、「食欲なくても食べなあかんで」と言ってくれて「夕食作って持って行くから、もう何もせんでもええよ」とも言ってくれた。まだまだ長い一日になりそうだったので、今日はお言葉に甘えようと思った。

午後には明美の息子の大も駆けつけてくれたので、私は大と一緒にもう一度ＩＣＵの中へ。ＩＣＵで眠る母に、大が何を話しかけても反応はなかった。大は寂しそうな顔で帰っていった。明美の夫田川さんが私と明美を家まで送り届けてくれた。辛くて、長い一日だった。

2月21日（水）

大学での学科会議に出席し、後は必要な雑用を片付けて仕事を早めに切り上げた。京都駅で明美に電話し、瓢箪山駅で待ち合わせて病院へ。母が倒れて以来毎日見舞っている。私たちが話しかけるとたまにうなずいてくれるのだけれど、まだ目を開けてくれず、起きているのか眠っているのかもよく分からない状態が続いている。

この日もまだ眼を開けていないが、明美の声には反応してうなずいている。手を握ると握り返してくれたので少し安心した。大きな声で何かを言ってくれた。何を言ったのか、意味は分からなかったけれど嬉しかった。眼を見ると、泣いているのか、涙が出ているようだった。

2月25日（月）

最近の母は、時々目を開けていて、私たちが話しかけると「おおきに」などと返事をしてくれることがある。この日の母はちょうどお風呂が終わった後なのか、よく眠っていた。肩を触りながら起こしたら、きつい表情で睨みつけられてしまった。少ししてから車いすに座らせてもらった。随分長く座っているので「横になる？」と尋ねても断られる。やはり母はガンバリ屋さんだと痛感した。

幸い、失語症にはならなかったものの、左半身には麻痺が残ってしまった。そのため、上下肢がだらんとしていて、涎も垂れる。なんだか哀れな感じがする。意識がもっとはっきりしていたら、母は絶対嫌がるだろうと思った。

この日、担当の看護師さんから「3カ月後のことを考えておいてくださいね」と告げられた。つまり、この病院を出てほしいということだ。自宅へ戻るか、リハビリができる施設へ移るか考えなくてはならない。当たり前のことなのかも知れないけれど、ショックだ。母に尋ねてみると「ここ、家やんか」と答えた。認知症的な部分もあるのだろうか？　とも疑ってしまう。

プライドの高い母が、施設に入ることを望むだろうか？　時間が経って今よりも意識がハッキリとしてくれれば尚のこと嫌がるのではないだろうか？　いくら考えても答えが出ない。私が考え続けている間、母はずっと車椅子に座っていたようだ。しんどくないのかと思い、何度も母に尋ねたけれど「このままがいい」と言う。しばらくしてようやくベッドに寝かせてもらった。

ベッドに入ると、鼻に入れている管を固定している絆創膏が気になるようで「かゆい」と言う。しかし「触ったらだめ」と手で×印をしてガマンしてもらう。管を動かすと肺炎の危険性があるので、ミトンを着けるように言われているのだ。とはいえ、この点滴も今日で終わりとか。今のままの状態で点滴を終えて大丈夫なのかと不安を感じる。

家に戻ると4時半になっていて、ずいぶん長い時間病院にいたことが分かる。夜は大から母の容体を尋ねる電話があった。あの子は優しい子である。

2月28日（木）

今日はドクターとの面談日。数日前、母は残尿感があるとのことで処置をしてもらったが、それを感じられることを喜ぶべきなのか、そもそも残尿感があることを悲しむべきなのか、よく分からない。

最初に、母が鼻の管を抜かないように着けていたミトンの糸が指に絡まって、締め付けられた状態になってしまっていたという報告を受けた。可哀そうに、痛いとも言えず我慢していたのかと思うと、とても辛かった。と同時に、看護師さんたちがもっと気をつけてくれればいいのに、と腹が立った。

次に、脳内の出血の状態について、入院時に比べると少し小さくなっているという。ただ気になるのは、まだ食事ができないことで、そのぶん体力もない。食べて欲しいと願うばかりである。

ドクターとの面談が終わった後、事務の方から転院についての説明を受ける。大阪と奈良の県境にグループ病院があるらしく、そこへの転院を薦められた。しかし、そのような不便な場所にある病院へ半年も通うのはちょっと大変だと感じる。こちらとしては、色んな情報がほしいと思って、他の病院のことを尋ねてみると、途端にその方の表情が険しく変わったように感じられた。グループ病院以外の施設へ転院するのは気に入らないようだ。

3月3日(日)

2時前に病院へ。母は珍しく目を開いていた。いろいろと話をした後、車椅子に乗せてもらったので、このまま部屋にいるか、それとも面会室へ行くかと尋ねてみる。「どっちでもいい」と言うので、気分転換のために面会室へ。

母は部屋の中を見回している。周りはお祖母ちゃんのような方ばかりだけれど、皆すごくしっかりしていらっしゃるように感じる。私は母に「ママさんはあのお祖母ちゃんよりずっと美人やし若いから、負けんとしっかりしてよ」と言ったらうなずいていた。

窓際に車椅子を移動させると、じっと外を見ていた。この時ふと、母があまりしゃべらないのはショックを受けているからなのかもしれない、と思う。手足が思うように動かないのを感じて、どうしたらいいのか途方に暮れているのかもしれない。そうだとしたら、何とかして私が勇気付けなければ。

3月7日（木）

今日は大学の卒業式の練習だったが、母の主治医との面談も入っていたので急いで病院へ。

最近の母は、目の張りもよく、目を開いている時間が多くなっているように感じられる。

主治医と話す前に、先日転院について話した事務の女性がやって来て、早く考えて結論を出せと言わんばかりだった。色々言いたいけれど、ここは黙って考え中ですと言うしかない。

同級生で開業医をしている北野君に母の転院について相談してみたところ「ちょっと遠い

けれど病院が言ってるリハビリ専門病院のほうが良いような気がする。そこなら、グループ病院だから、もし容体が悪くなった時にも今の病院に戻してくれるから」と言ってくれた。それを聞いて「大阪と奈良の県境というとちょっと遠くて通うのが嫌だな……」とか、自分の都合ばかり考えていてはダメだと反省したところだったのだ。とはいえすぐにも決められず、来週の初めにお知らせしますと言うことで終わった。この病院の対応には、いつも苛立ちを感じる。

主治医との面談では、指の状態は良くなっていること、脳内の出血に関しては、MRIを見る限りは小さくなっていて、命の危機云々ということを考える必要はない、といったことを言われた。とはいえ、麻痺が残っているのでリハビリは必須とのこと。それで、自宅に近いK病院か奈良との県境にあるリハビリ専門のT病院のどちらにするか迷っていると伝えると、ドクターは経口で食事を摂れない患者さんに対応できるT病院のほうがオススメとおっしゃる。これしかないのかと思いつつ、翌週にまた面談のアポを取って別れる。

3月15日（金）

今日は朝からお墓参りをして、昼食後は愛犬・太郎のトレーニングの帰りを待ってから病院へ。部屋に着くと、ちょうどリハビリが終わって帰って来たところだった。疲れたのか、眠ってしまったので、たまたま同じ病院に入院されている菩提寺の住職である藤本先生の部屋へ行って暫く話した。

それから部屋に戻って母を起こし、化粧水や乳液、そしてボディーローションなどを塗る。その後、発音練習をしたけれど話すことがないので、「何か言い？」と言ったら、「別に何も言うことない」と返してきた。それでも、今日は良い表情をしているように感じられた。

そうこうしているうちに担当の看護師さんから「栄養士さんと相談してみれば？」と言われた。現在、母は鼻にチューブを入れてそこから流動食を摂取している。主治医からは「食道を正常に戻すための一時的な処置」だと聞かされていたので、いずれはチューブが取れて正常に食事ができるものだとばかり思っていた。しかし、先日看護師さんと話をしているなかで、チューブを外すのはムリだというようなことを聞いたのだ。それなら、鼻からよりも胃に直接栄養を流し込むほうが、肺炎などのリスクもなくていいのではないかと思ったのだ。それで栄養士さんとも話をしてみると「今後、完全な普通食に戻るのは無理だけれど、鼻の管を抜いて食べるようになることもあります」とのこと。それを信じるしかないのかなと思う。

もう一つ驚いたことが、担当の看護師さんから「2か月以内に転院の手続きをして転院しないと、保険の適用がされない」という話を聞いたこと。知らないことが多すぎてオロオロしてしまう。

３月20日（水）

今日は明美夫婦と待ち合わせてランチをしてから病院へ。部屋に入ると、母は珍しく外を眺めていた。明美たち夫婦の顔を見て、「悪いなぁ」と言って出迎えていた。

少ししたら、車椅子に乗せてもらって談話室へ。そこで発音練習や他愛ない話しをしていた。明美は「ラララ、パパパ」と言うと、繰り返すし、舌を左右に動かすこともできるので喜んでいた。

しばらくすると、理学療法士によるリハビリの時間になった。母は２週間ほど前から廊下で歩く練習を続けている。最初は骨のないタコのような状態で立つこともできなかったが、それでも毎日続けている。まだまだ立つことも大変であるが、最近は何とか廊下のバーにつかまりながら５～６歩ほど歩けるようになった。主治医からは「どこまで回復するかは本人のヤル気次第」と言われているので、やはり母はがんばり屋なのだと痛感する。

３月26日（火）

２時過ぎに病院へ行くとベッドは空っぽ。リハビリだということで１階のリハビリ室へ行き、リハビリを受ける母の様子を柱の陰からこっそりと見ていた。何か文字を探すリハビリのようであるが、声が聞こえないようだったので、補聴器を取りに部屋へ行きそれを渡す。そしてまた柱の陰から見ていた。

リハビリが終わると車椅子で談話室へ。そこで発音練習等をしたが、眠くて部屋へ戻りたいというので一緒に部屋へ。母がテレビで野球を見ている間、化粧水、乳液やボディーローション等を塗る。それからすぐに、またリハビリだということで、仕方なくベッドから起きて、リハビリ室へ。リハビリが終わるとやはり疲れるのか、母はベッドで眠ってしまった。

しばらくベッドの横にいたら、事務の方がやって来た。そして「明後日に転院してほしい」と言う。あまりにも突然のことで驚いた。そんなに急に、当たり前のように言われるものなのかと愕然とした。思わず、来週の木曜日？　と聞き返してしまったほどで、あまりにもムカついたので返事は明日しますと言って引き取ってもらった。

とても気分が悪いので、早々に帰宅。夕食を済ませた後、携帯や電話を見ると、病院から電話があったようだが折り返しの電話もかけなかった。明美に電話をして、ことの次第を話す。夜には大からも電話があったので、明美に話したことと同じことを話す。なんともスッキリとしない1日だった。

コラム① 万が一に備えて用意しておいたほうがいいものは?

私の場合は、母が闘病していたわけではありません。ある日突然、家の敷地内に倒れた様態の母を発見したのです。

発見した時にはもうパニックでした。だけど、母が倒れているのを発見してから救急車が来るまで家の向かいに住む旧知の方がいてくださったのでとても助かりました。その方に「お母さんを毛布で包むから毛布を持って来て!」とか「保険証やお金を準備しておいたほうがいいよ!」など細かいことを指示していただけたのです。もしこの時、自分一人だったら、パニックになってしまって何もできなかったかもしれません。

大切な家族が突然体調不良になってしまったら、驚いてパニックになってしまうのは無理もないことだと思います。救急に連絡して、状況を説明し、救急車が来るのを待ってというだけでもけっこう大変です。それ以外にも、季節によりますが何か羽織れるものがあったほうがいいでしょうし、健康保険証やお金も必須です。

自分以外の誰かがいれば別ですが、一人でそれらを準備できるかどうかわかりません。だからこそ、健康保険証など「いざという時にこれを持って出れば大丈夫」というポーチなり、バッグなりを用意しておくのがいいかもしれません。また、忘れてしまいがちなのが靴です。救急車に乗る時に靴は必要ありませんが、診察などが終わって帰宅できることになれば、当然靴が必要です。救急車に乗せる時は、靴を忘れないように気を付けましょう。

用意しておくべきもの

- 毛布など羽織れるもの
- 上着
- 健康保険証
- 現金
- 診察券
- お薬手帳
- 水分
- 靴

救急車を呼んだ後の注意点

- 電話がつながりにくくても折り返しがあるので心配なし
- 夜は家がわかりにくいので玄関で待つ
- 火の元、戸締りをしっかりとチェックする

第2部 Tリハビリテーション病院にて日常生活を送るための本格的なリハビリがスタート

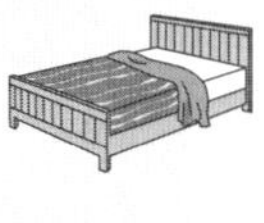

4月1日（月）

8時半頃病院へ。退院の手続きを済ませてからT病院へ向かう。着くと今度は入院の手続き。一度に色んなことをしなければならないし、確認しなければならないので、全部は頭に入っていない気がする。

部屋は4人で窓際。しかしなぜか病棟全体から不快な匂いが漂っているような気がするし、汚い。こんなところへ母を入院させて良いのだろうかと思う。

主治医の先生が診察してくださり、それからリハビリ、音声、歯科の責任者等が母を診察に。左手はほぼ回復は無理だろうとのこと。足のほうは手ほどではないにしても、杖をついて歩くのは無理かも知れないとのこと。覚悟はしていたけれど、どっとしんどくなった。その後、寝巻等のリースの件、主治医からの説明を聞く。

5～6カ月でリハビリ期間が終了するが、大体2～3カ月がいちばん伸びるとのこと。それ以降は同じらしいので、なんとしても母に頑張ってもらわなければならないと決意を新たにする。

その後、流動食が始まったので、私も病院の食堂へ。食事を済ませて部屋へ戻ったら、母は鼻から管を抜いていたので慌てて看護師さんに連絡。マジ、驚いた。明日からは、お昼だけは口から食事を摂るらしい。でも分かっているのかな？

4月4日（木）

今日は母の歯科の診察があるため10時45分のバスに飛び乗って病院へ。歯科医の診察では、歯茎が痩せてしまって入れ歯が合わなくなっているらしい。もう少し硬いものが食べられるようになったら、作り直さなければならないとか。

昼食は親子どんぶりをミキサーにかけた、どろっとした状態の物。理学療法士さんが母の喉や舌の動きを見ながら、スプーンで与えてくださる。飲み込みがきちんと出来ない時は、飲み込むようにと促してくださるので安心。

昼食後はしっかりとテレビを見ていたが、時々「坊さん来はるから、仏さんの前に座布団置いといて」とか「外へ行くわ」とか言う。もしかして認知が始まったのかと想像すると悲しいし恐ろしい。

その後、また昼食を食べさせてくださった理学療法師さんが来られてリハビリ。喉の筋肉をほぐしながら、舌や口を動かしたり、麻痺している手を動かしたり。ベッドで寝ている状態からスタートして起き上がり、ベスト等を着たり脱いだりする練習も行う。ゆっくりではあるが、社会復帰を目指すリハビリをしてもらっていると感じられる。

4月9日（火）

11時15分のバスで病院へ。病室に着くと、2人の理学療法師の方が母の左手首を見てくださっていた。レントゲンがどうとかこうとか……何か変らしい。私に「また来ます」と言って出て行かれた。

それから化粧水等を塗った後、テレビを見ていたら昼食の時間に。今日の食事は少し固めになっているのだとか。食事をしている様子を見ていると、左側の唇から食べ物をこぼしている。気になって拭いたのだが、ふと「手出しをしてはいけないのだ！」と思い、その場を離れて階下へ。

少ししてから戻ると、食事は殆ど食べていた。カーテンを閉めて、壁の張り紙も外れていたのは、母の気を散らせないためだったとか。ふ〜んそうだったのか、と納得する。

食後は少し眠ってリハビリへ。そっとリハビリ室へ様子を見に行くと、装具を使って車椅子から立つ練習をし、それからバーにつかまって5メートルほど歩いていた。見ていると危なっかしくてハラハラしてしまう。だけど、私よりも本人が何とも言えないイライラした気持ちで歩んでいるのだと思う。

部屋に戻ってきた母に、「明美も私もママさんのために頑張っているから、ママさんも頑張って！」と言ったら目を潤ませていた……。言わないほうが良かったのかな？

4月21日（日）

今日は友引だったので、朝から友人宅へ新築のお祝いに。その後病院へ。トイレを覗くと母に良く似た人がいたが、黒いコートのような物を羽織っていたので違うと思い素通りしようとした。しかしまた戻って良く見ると母だった。母いわく「トイレに行ったけれど遅かったので出てしまっていた」とのこと。カーテンを閉められておしめ交換。

昼食になると、なぜか母は一回食べるごとにスプーンを置く。そのたびに「ずっとスプーンを持っているように」と注意されていた。小さな紙パックのコーヒーは、美味しそうに飲んでいた。食事が終わってからエプロンを見たら、たくさんこぼしていて悲しくなる。麻痺のせいなのか、それとも認知症が進んでいるのだろうか⁇

母は部屋に戻ってきてテレビ見ながら話をしているうちに眠ってしまった。帰りのバスまで時間があったので、しばらく母の寝顔を眺めていた。目の周りに張りがないのは、認知症が出ているのだろうか??

夜、明美から電話。母のことに関して「先が長いから無理しなや」と言われた。分かっているけど、やっぱり入院していたら、誰かが来てくれることを期待しながら待つものなぁ……。

4月24日（水）

朝9時5分のバスで病院へ。病室ではすでにリハビリが始まっていた。外で待っていたら、主治医の先生がやってきて一カ月の経過報告を受けた。といっても内容としては「悪くはなっていない」ということくらいか。すぐに終わって主治医は慌しく席を立たれた。その後、スタッフの方から介護保険を申し込むようにと言われた。

病室へ行くと、木曜日なのでお風呂である。寝巻を脱がされて布団にくるまって順番をじっと待っている。しばらくして戻ってきたが、髪は完全には乾いていない状態だった。私がやりますと言えば良かったと反省しきり。それからすぐに化粧水等を塗る。

母の世話をしてくださっている看護師さんの中に一人、フィリピンからいらしているNさんがいる。前に少し英語で話しかけたら「英語が話せて嬉しい！」とすごく喜んでくれて、顔を見るたびに話をするようになった。私も海外にいた時は母国語を話したかったので、その気持ちはよく分かった。だから、彼女を見かけたら話しかけるようにしている。

この日は彼女があと一カ月で国に帰ることや、国には3人の子供がいることなどを話していた。私がNさんと英語で会話をしていることについて、母のリハビリを担当してくれている理学療法士の方が「凄いなぁ」と驚かれるので、「これは私にとっては商売道具ですよ。私にはあなたのように患者さんをリハビリ出来ないのと同じです」と言っておいた。

5月10日（金）

母は数日前から8度近い熱を出してしまい、食事が摂れずに点滴をしていた。ようやく6度台に落ち着いてきたけれど、まだまだ本調子とまではいかないようだ。この日も私が病室に入るとじっと外を見ていた。テレビを見るかと尋ねても、見ないと言うし、表情はしんどそうなのだが、しんどくはないと言う。けれども、目に張りがない。それで熱を測ってみたら案の定、熱が7度代になっていた。

その後、主治医の先生が来てくださって、母の状態をごく簡単に説明してくださった。看護の実習の一環で母を担当してくれているＭさんともしばらく会話。午後からは作業療法のリハビリがあるということで、Ｍさんが「見て行かれますか」と言ってくれたけれど、母の気が散るとだめだからと遠慮した。

Ｍさんは「初めの頃と違って良くなられたとおっしゃっていますよ」と言ってくれたのだが、気分は明るくならない。

５月17日（金）

朝からもろもろの振り込みを済ませるために銀行へ。長く待たされたうえ、途中で愛犬・太郎の帰りも遅くなるという連絡が。そんなこんなで、結局いつも乗るシャトルに間に合わず、１年数カ月振りに自分の車を運転して病院へ。少々怖かった。

母の部屋へ入ると、テレビを付けたまま外を見ていた。相変わらず眠そうなのだが、時々「餃子買いに行って来るわ」などと言いだすこともある。「餃子を食べたいの？」と尋ねると、ビールと一緒に食べたいらしい。それなら、「まずは今の食事をしっかり食べないと」と諭すようにしている。餃子とビールを目標に、ちゃんと食べてくれればいいのだけど。

昨日、実習生のＭさんが「消しゴム等で果物とかの形になっているのがあれば遊べますよね」と言ってくださったので、購入しておいた野菜や果物などの消しゴムを出して名前を言わせてみる。そうこうするうちに、リハビリ開始のために呼びに来られた。しかし、どうやら母は歩くリハビリが嫌いらしい。多分、痛いのと自分の歩けない不甲斐なさを目の当たりにするのが嫌なのだと察する。でも、がんばってもらわねば。

母は車椅子でリハビリ室へ。私は階段でリハビリ室へ。立ったり座ったりは兎も角、バーを持って歩くのが嫌なようで、二度目は嫌だと言っているようだ。気が散るから出入り口から見ているが、それでも分かる。見ている途中、主治医のT院長と挨拶がてら母の容態について話をする。先生いわく「喉の痰以外は異常ありません」とのこと。だけど、それがいちばんの問題なのであるが……。

リハビリが終わってから、また消しゴムを出して来て、母に名前を言わせたりしていたが、4時半になったので帰る準備をしていると、実習生のMさんがミーティングを終えて来てくれた。ちょうど彼女も帰る時間だと言ったので一緒に下へ。

すると彼女が「今日榎並さんに叱られてしまいました。昼食の時に、いつも通りあまり食べはらへんから、『もう少し食べてください』て言うたら、『眠たいねん』て怒られたんです」とのこと。こちらとしては「気を悪くさせてゴメンね」と言うのが精いっぱいだ。余程眠かったんだろうけれど、母の悪い癖でもあると思う。Mさんは、母のために、母のことを考えて一生懸命眠らせないようにしてくれているのである。それなのに母は……。

５月23日（木）

授業を終えて３時半の特急、４時15分のシャトルで病院へ。５時前に着くと、久し振りにNさんに遭って話す。それから病室へ。

母は外を向いていた。表情はまずまず。本人もそのように言っていた。リハビリは二度したとか、実習生の子は今日で終わりだとか言っていた。今日はお風呂の日だったことを言うと、「お風呂といってもシャワーを掛けてくれるだけ」と言っていた。湯船にゆっくりと浸かりたいのだろうと思いながら、化粧水等を塗る。

火曜日の迷い犬のことや、梅林のおばちゃんのことなどを話していたら、Nさんがやって来て、写真を撮る。土曜日が最後で母国に帰るそうだ。でも帰ってすぐにまたドバイに出稼ぎに行くらしい。２年後にはカナダに移住とか。大変だなあと思う。でも彼女は頑張り屋さんだから大丈夫だろう。

５時頃になると、今日はどういうわけか、「そろそろ夕食だから起こして」と言う。お腹が空いたのかと尋ねるとそうだと言う。本当かどうか知らないけれど……。すると、ヘルパーさんが母を迎えに来てくださったので、車椅子で食堂へ。食事の間待ってようかと尋ねるが、「ええよ」とのことだったので、５分前だったので慌ててシャトルに向かう。

今日の母は久し振りに、しっかりした表情だった。

5月26日（日）

今週は太郎の散歩で迷い犬がついてきたり、フィリピンから来ているNさんが帰郷したりとバタバタとしていた。それでも、母は食欲もあるようで、表情もしっかりとしていると感じられたのはいい兆候か？

病院へ着くと母は眠っていたのでそっとしていたら、昼食だからと言ってヘルパーさんが迎えに来てくださった。母が食べている様子を離れた場所から見ていたが、半分ほど食べたところでやはり止まってしまったので、近くまで行って食べるように言った。途中で腹を立てたようで、怖い顔をして物も言わなくなってしまった。けれども食べるようにと言って、なんとか八分強くらいまで食べてくれた。

食後は部屋へ戻ってテレビを見た。その間に化粧水等をつけたり、オシメを替えてもらったり。2時15分のバスで帰り、近所の薬局で栄養ドリンクを購入。店員さんから「この頃、疲れたはりますよね」と言われた。しんどそうな顔をして歩いているんだろうなと反省。

今朝の明美との電話で頭痛がしてしんどいことを言うと、無理せんでいいやんと言う。しかし、入院している者からすると、来てくれる人を待つものだと思うと、じっとしていられない。やることもいっぱいあるのだけれど……。

6月2日（日）

部屋に着くとベッドは空っぽ。リハビリ室を覗くと車椅子から車椅子へと短い距離を歩いていた。何日か前にはバーを持って歩いたり、それから装具を着けたうえで、何も持たないで短い距離を歩いたり、歩行用の補助具を使って歩く練習をしたりしていた。少しずつリハビリが高度になっているので、このまま回復してくれればいいと思う。

リハビリから戻るとすぐに昼食。ミキサー食ではなかったがあまり食は進まないようで、なんとか8割方食べさせて終了。

食後は「テレビを見たい」と言ったのでテレビカードを買いに行ったら、テレビにお尻を向けた状態で寝ていた。見るともなく見ていると寝巻きやシーツなどが汚れていたのが気になり、交換を頼む。なかなか交換に来てくれなかったが、家に帰るまでに何とか交換してもらえてホッとした。

6月18日（火）

病院の部屋へ行くと眠っていた。来るといつも眠っていると思って今日のスケジュールを見に行くと、朝からずっとリハビリが続いていたことが分かった。これはさすがに疲れているのだろうと思い、話しかけることもせず、化粧水等を塗っていた。

ところが、12時になっても昼食の迎えが来ない。皆食べ始めている音や声がしているのに。よっぽど嫌みでも言いに行ってやろうかと思っていたが、母は眠っていることもあってそのままにしていたら、ようやく呼びに来てくれた。ただ忘れられていただけのことらしい。

いざ食べ始めると、相変わらず食べないし、噛まないし、喉に入れないし……見ているこちらがイライラするばかり。といってあまり「早く！」と急かしてしまって誤嚥になっても大変。結局のところ、1時間かけ3分の1ほど食べるのがやっと。となりの二人のおばあちゃんに「食べなあかんで」と言われる始末。おふたりは動きは鈍いのだけれど、食欲は旺盛なので羨ましい限りである。

食事が終わったので、歯磨きをして部屋へ。歯磨きはスタッフの方が手伝ってくれるのだが、実にいい加減。部屋に帰って母の歯を見ると、歯と歯の間に食べ物のカスが溜っている。しっかりと見てくれていない。大勢だから仕方がないといえばそうであるが、なぜか病院の対応にがっかりしてしまう。

6月28日（金）

太郎がトレーニングから帰ってくるのを待って、車で病院へ。今日はなぜか外環が混んでいたので、病院に着いたのは先生との待ち合わせの3時30分ギリギリになってしまった。

院長先生と2カ月ぶりで話す。特に目立って悪いところはないとのとのこと。一昨日に「肋骨が痛い」と言ったらしいのでレントゲンを撮るが、特に異常がなかったとのこと。血液検査や血圧も正常値とのこと。後は、リハビリをしっかりしてもらうことだなあと思う。

院長先生との面談の後、事務の方から9月27日頃までいられるが、その後のことを考えておくようにと言われた。転院しなければならないというのは頭の痛い話である。事務の方との話が終わって病室に戻ると母はリハビリへ行っていた。私もリハビリ室へ行って少し様子を覗いてから帰宅。

7月7日（日）

11時15分のシャトルで病院へ。母はすでに談話室で座っていた。体重が均等に分散するという座布団を持って行ったので、さっそく車椅子に置いて座らせる。これで「腰が痛いからベッドへ連れて行って」とは言わせないぞ！　と思っていた。

食事は相変わらず食べない。他の人たちの半分の量なのに、残すし、嚙まないし、そのくせトロミのお茶ばかり飲んでいる。それを見ていて、いつもイライラしている自分がいる。

食事の時に、看護師さんに「退院したら施設か自宅に帰るのか」と尋ねられた。まだ決めていないんです、という話をしていたら、「どちらにしてもこの調子なら、胃ろうですよ」と言われショックだった。食事の後、部屋に帰って母にそのことを伝えるつもりだったが、化粧水をつけたり、寝巻を着替えさせたりしていたら、いつの間にか母はテレビを見ながら眠っていた。2時を過ぎても起きる気配がなく、起こすのも可哀そうだから、置き手紙をして帰宅。

7月14日（日）

朝からお寺さん、その後墓参りをしてから、11時15分発のシャトルに飛び乗って病院へ。2階へ上がってみたら、談話室に運ばれていた。プリンとコーヒーゼリーを持ってきたので、「食べる？」と聞いてみると母は「プリンを食べる」と言う。最後のほうは嫌々かもしれないが、何とか1個全部食べてくれた。

その後、昼食の時間となり、冷やし中華を半分ほど。これが食べない。イライラするやら、情けないやら。母は少し耳が遠くなっているのでつい声も大きくなる。「しっかり噛む！」「飲み込む！」と母を叱る自分の声が響く。なかなか飲み込まないので、飲み込むように、と左頬に触れてみると、怒ったように振り払う。まだそれだけの元気があるのか？　と驚く反面、腹も立つ。明美が「そういう病気やねんから」と言うけれど、情けない。でもいちばん情けなく思っているのは当の本人なのであろう。分かっているのだけれど……。

1時間以上かけて、漸く人の半分の食事の半分を終えた。部屋に帰ると、テレビを見ながら眠ってしまう。2時からリハビリがあるので、眠っている母に化粧水等をつける。

トイレに行って部屋へ戻ると、目をさましていて「座りたい」と言ったので、ベッドに座らせ、靴を履かせ、車椅子に乗せた。2時になって作業療法士の方が来られ、母には「一人で車椅子を動かして、トイレに行くように」と指示。母と作業療法士さんと3人で部屋を出る。まだまだ時間もかかるし、まっすぐに進めるわけでもないけれど、何とかトイレに到着することができた。授業があった私はそのままバスへ。

7月17日（水）

今日は、母の昼食の時間までに隣の施設へ。大河内二郎先生の「R－4システム」について尋ねたかったのと、施設も見学したかったので、予約が必要ならそれをしなければと思ったからである。

玄関に入ったら、白衣の男性が患者さんと話しておられたのを横目に見ながら受付に行って要件を伝えた。女性事務員の方が応接室らしき所へ案内してくださって、話を伺いますと言ってくださった。その後で、さっき玄関で見かけた白衣の方が来られた。名刺を見たら大河内先生その人であった。

それで母のことを話したら、一度見に行きますとも言ってくださった。先生とは母の状況だけを話したが、私の仕事のことも理解してくださっているようなので、嬉しく思った。彼はすぐに席を離れられたが、その後女性事務員の方とも話して12時前に母の病院へ。

食事はすでに始まっていた。食欲は相変わらずあまりなし。しかし今日はお粥ではなく、御飯であった。でも後は相変わらずミキサー食である。何とかハーフ食の八分目くらいは食べてくれたようだ。メロンをほんの少しプラスで食べて、歯磨き、トイレの後ベッドへ。

ベッドでテレビを見ている母に化粧水などを塗る。そのうちに眠りについてしまった。1時半頃に事務の方がこられて、これから先のことを尋ねられる。突然「ケアマネージャーさん決まりましたか?」と尋ねられて、「決めなきゃいけないのか?」とか「どうやって決めるの?」などなど、いろいろと疑問に感じてしまう。自宅玄関の敷居の高さも尋ねられたけれど、測ったことがない。後で測っておかなければ。

7月23日(火)

朝から仏花を買って仏さんにお参りし、散水も済ませてから病院へ。2階へ行くといつもとは違う場所にいた。どうしたのかと尋ねると「なぜか知らんけれど、ここに置かはった」とのこと。

12時前に食事が来て、いつも通りにゆっくり、ゆっくり食べる。食べる気もなく、噛む気もなく、テレビを見ながらだらだらと食べている。横で「噛んで！」「飲み込んで！」と言っている自分が虚しくなる。そうこうするうちに、あまり見かけない看護師かヘルパーの女性がやって来て「食器、片付けさせてもらっていいですか？」と聞いてくる。まだ食べているのに、と思ったけれど、腹を立てるのも大人気ない。それで思わず母に「ちゃんと噛んで飲み込むの！」と大きな声で当たってしまった。相変わらず母は知らんぷりだけれど、そしてまた母には悪いと思ったけれど、全く進歩のない母に対しての腹立たしさもあったのは確かである。皆元気になっていくのに、なぜ母だけ進歩がないのかと思うと情けなくなる。しっかりしてよ‼　と言いたくなる。

8月16日（金）

昨日、一昨日と明美や大が母の見舞いに行ってくれたので、今日は3日ぶりに病院へ。リハビリ室を覗くと、歩く練習をしていたので、見学をしていた。私の望みが大きすぎるのかも知れないけれど、歩くというより理学療法士の方におんぶにだっこの状態。本当に歩くまでの道のりは遠く、悲しい現実を見たように感じる。杖を使っての歩きも然りである。

リハビリが終わると昼食の時間だったので食堂へ。前掛けを掛けてやろうとすると、寝間着の前がとても汚く汚れている。交換くらいしてくれればいいのに。食事は相変わらずゆっくりで、途中何度も「トイレに行きたい」と言うのだが、終わってからと言いながら無視。うどんと炊き込み御飯と牛蒡だったが、何とか全て食べさせた。その後、歯磨きとトイレを済ませてから部屋へ戻る。

部屋で寝間着を着替えさせて、化粧水等を塗る。母はしばらくテレビを見ていたが、そのまま眠ってしまう。事務の方から「早くケアマネージャーを決めるように」と言われる。

8月29日（木）

9時半前に地元のS整形のNさんが来て自宅の中を見てくださった。母が退院した際にベッドを置く位置、トイレ、お風呂、玄関などのチェックである。ベッドに関してはやはりリビングのソファを移動させて、その場に置くしかなさそうである。ある程度Nさんに見てもらってから、Nさんと一緒に母の病院へ。10時40分頃で、その後すぐに明美が来てくれた。それからOさん、事務のYさんを交えて話す。

トイレに関してはL字型の取っ手をつけてもらうようにしたほうがいいということでまとまったのだが、風呂はデイサービスに頼むしかなさそうだ。他にも、食事の世話など目を離せないので、常に誰かが一緒に居るようにしなければいけないらしい。そうなると、やはり母の友人であるさこちゃんを頼るしかないかなと思う。

退院までに一時帰宅して、食事などの様子を見る日を設ける必要があるらしい。具体的には、母の大好物であるビールの代わりにノンアルコールビールにトロミをつけて飲む、その時に一緒に食べる酒の肴、たとえば柔らかめに茹でたエンドウ豆などを作る、といったこと。それが9月2日に決まった。しかし、帰宅して病院へは行きたくないと言うかもしれないと不安になる。最終的な退院の日程は9月25日になったけれど、今カレンダーを見たら仏滅になっている。これは恐らく母が嫌がるので、変更してもらおうと思う。

帰宅の時は、介護タクシーでも良いが高くつくらしく、家に車があるのならそれでということなので、私が迎えに行くことになる。明美は田川さんにと思っていたようであるが、土日は遠慮願いたいという事務の意向で、やはり私が運転して連れ帰って来るしかない。一応話が終わった後で、Hさんから、帰宅後の母のリハビリについて話があった。コピーをしてくださっていて、それを朝夕の2回するらしい。コピーだけでは分からないので、帰るまで、何度か教えてくださるそうである。

そうこうするうちに昼食の時間となり、Nさんは母の食事の様子を見たいとおっしゃった。私はいつものように「しっかりと噛んで!」「飲み込んで!」などと言っていたが、今日は母の機嫌が良かったようだ。テレビに蜂の大群が映し出されているのを見ながら、自分も蜂と同じように手を動かしているのに気付き、笑っていた。食事はやはり半分ほど残して終わった。

Nさんと一緒なので、明美が「もう帰って」と言ってくれた。Nさんと一緒に自宅へ戻り、何枚もの書類を書き、印鑑を押す。それらの書類を持ってNさんは診療所に戻って行かれた。

9月2日（月）

いよいよ一時帰宅の練習日。1時過ぎに病院へ。雨で病院との2往復はきついなと思いながら。部屋へ入ると明美が座っていた。「早いやん。もっとギリギリに来るかなと思ってた」と言う。私もそうしたかったけれど、雨だし気になったので。

それから1時間半あまり話したりして3時に出発。トランクに車椅子が入らなくて少々時間を要したが。3時半頃に帰宅。すでにNさんや業者の方、岡元さんや上司の方も待ってくださっていた。それから全員が一斉に家に入って、あれやこれやでてんてこ舞い。

母の車椅子を家に上げるために車輪を拭く雑巾などの準備、後始末をして、ベッドなどのレンタル、シャワーチェアーなどの購入品をカタログで見て決める。一方で母の動線に気をつけなければならなかったり、隣のおばちゃんに連絡したり。明美は母の食事（アナゴ、枝豆、ビール）の準備。その合間に、ちょっとコーヒーも。あっという間に病院へ戻る5時になってしまった。

家の戸締りをして、雨の中を再び車を運転して病院へ。道が少し混んで来ていたけれど、5時半頃に到着。Hさんが既に玄関で待っていてくださった。母は彼を見て安心したように微笑んでいた。車椅子をHさんに押してもらって母は明美と病室へ。私は道が混むと嫌なのでそのまま帰宅。思ったよりも道は混んでいなかったけれど、いろいろあって疲れた。

9月10日（火）

シャトルで病院へ着き、リハビリ室を覗くとOさんによるリハビリを受けていた。いつものHさんは休みのようである。バーにつかまりながら2往復しただけで終了。どうしたのかと思ったら「トイレとおっしゃるので」とのこと。多分リハビリが嫌になったのだろうと思ったが「すみません」と言うより仕方がなかった。

2階へ行って定位置に座って食事。今日は母の戸籍上の誕生日なので、わざわざ黒いお盆に載せて赤飯やケーキまで入っていた。それなのに、また食事中にトイレ。「口の中のものを飲み込んでから」と言っているのに言うことを聞かず、トイレの最中も口から何かこぼしている。食事の時も私が「噛む」、「飲み込む」と繰り返しているのに全く聞こうともしない。挙句の果てに「食べない」と言い出したので、頭に来て食器を思いっきり強く御膳に置いてしまった。澄まし汁の御椀だったので、あちこちに汁が散らばった。母の顔にも飛んだようだったが、知らんぷりしてテーブルに飛んだ汁を拭いていた。流しの所にヘルパーさんが居なかったら、もっと何か言っていたかもしれない。これでも抑えたつもりであった。後片づけをして無言のまま部屋へ。

今日はさすがにテレビと言わなかったし、眠ろうともしなかった。私はいつものように化粧水等をつける。ボディーローションを塗りながら、Hさんに教えてもらったリハビリの練習をしようとやり始めたが、これまた言うことを聞かず「痛い」と言って協力してくれない。すると、向かいのベッドの患者さんが、「昨日、御帰りになられてから、歩く練習するて言って起き上がりはりますねん。私、助けられへんからびっくりしました」とおっしゃった。「歩く練習をするなら、独りでやらずにリハビリに協力してよ」と思う。ホント、憎らしい母である。それで、「歩く練習は一人で出来ないから、Hさんや明美か私と一緒の時でないと無理よ。分かった？」と言ったら、うなずいていた。分かっているのだろうか？

9月16日（月）

今日は敬老の日で、母が入院している施設でもイベントがあったのだが、台風の影響で大雨となり、朝から電車が不通になるなど交通機関に大きな影響が出た。明美からも8時半頃に電話があり、「電車が不通で行けない」とのこと。カメラやビデオの準備をして出かけることにした。

いつも利用しているシャトルバスは大丈夫だろうと思っていたけれど、念のために電話してみると、阪奈道路が通行止めで運休となっていた。復旧のめどが立たないとのことだったけれど、病院の最寄り駅からバスで行くルートだけは普通通りに運行しているということなので、そのルートで病院へ。少し時間がかかったので、ちょうど昼だった。

敬老の日ということで、昼食はちらし寿司。今日は食事中にトイレと言わなかったけれど、緊張しているのかいつもより一層食べなかったし、補助食品の飲み物も半分くらいしか飲んでいないように思えた。

1時に会場へ行くらしいので、食事が終わったら着替えのために慌てて部屋へ。久し振りに母がパジャマ以外の服を着ている姿を見た。すぐに口腔リハビリ担当のTさんが来てくださって母を車椅子へ。どうやら母は「白組」らしく、白の鉢巻きをしてくれて、名札を貼ってもらって出掛ける準備が出来た。誰かが、「榎並さん、いざ出陣やな」とおっしゃったら母は笑っていた。

会場は、沢山の患者さん、関係者の方々、家族の方々で一杯。台風の影響で土砂崩れなどで通行止めなのに、皆さんやはり来られているのだ。家族を思う気持ちは皆同じなのだ。開会宣言、ラジオ体操に始まり、そして紅白風船対抗の風船運び、玉入れなどが行われた。玉入れの1回目だけ紅組の勝利で、それ以外は全て白組の勝利。最終的に白組の勝ち。家族の方々は、写真を撮っている方も少なかったが、ビデオを撮っているのは私だけだったような気がする。まっ、いいか。参加賞の金の延べ棒の形をしたティッシュ、ハンカチ、賞状をもらって部屋へ。

9月26日（木）

10時頃に家を出て病院へ。到着後は病院やリースの支払い、解約の手続き等を終えて部屋へ。ちょうど明美も来て、「今来たとこ？」と聞いてくる。そんな訳ないだろうと、心の中で思うけれどことばには出さない。

その後は紙袋に持ち物を片っ端から詰めて車へ運ぶ。「お手伝いします」と言ってくださったけれど、まあ何とか運ぶことが出来た。最後に車を正面玄関まで持ってきたら、明美が車椅子に母を乗せてやって来た。院長先生以下お世話になった方々が見送りに来てくださった。本当に元気になっての退院だったら嬉しいけれど、この状態で退院で、おめでとうと言われても、嬉しいのかと思う。勿論入院した時よりも良くなっていることは確かなのだけれど、なぜか嬉しいという気持ちになれないのは、私だけなのだろうか？

帰宅してベッドに横にならせると、母もホッとしたのかウトウトし始めた。それから昼食。四川料理の店が開店したと「あまから手帳」に掲載されていたので、その店に買いに行った。そして3人で昼食。母は早速ビールを飲みたいと言うしぐさをして明美を笑わせた。勿論ノンアルコールのビールだけれど、小さなグラスに2杯飲んだ。明美はそれ以上飲ませないように、缶を隠してしまった。

午後はまたウトウト。しかし犬の餌や水、玄関の戸締り等は気が付くのか、習慣になっているのか確実に言う。そして私たちを呼ぶ時は、大きな声ではっきりと言う。その声を聞くだけで嬉しくなったのは、私だけだろうか?

夜は昼間買って来たコロッケを、母は2個も食べて明美を驚かせた。風呂は、二人で母を風呂場迄運び、シャワーだけのはずが、湯船に浸かりたいというのでヒヤヒヤしながら浸からせる。左の手の平を洗ってやろうと広げたら、垢が沢山出て来て、次に入ろうとする明美が「やらしいわ、お湯入れ替えせなあかんやんか、汚い!」と言って怒ったけれど、仕方がない、病院ではそこまでしてくれなかったのだから。お風呂の後は気持ちが良かったのか、赤い火照った顔をして眠っていた。今日は明美が母の傍で眠る。

母が倒れた日以来、約8カ月ぶりの帰宅。しかし完全に回復しているわけではなく、形式的な退院、そして帰宅。リハビリの効果や食事力などに、進歩、改善は見られない状態での帰宅である。これからどのようにしたらいいのか、どのようにしてあげれば、母の喜びや回復が見られるのか、全く分からない。五里霧中の状態で、母のためにするべきことはどのような事なのだろう？　神のみが知ることなのだろう。

コラム② 救急搬送されたら転院先の病院も調べておく

母が救急搬送されてすぐに、病院のスタッフの方から「次の転院先を決めてほしい」と言われました。これにはとても腹が立ちましたし、入院したばかりで転院とはいかがなものかとも感じました。今でもやはり、救急搬送された病院については、許せないと感じていることが少なくありません。

しかし、よくよく調べてみるとこれはある程度仕方のないことなのかもしれません。現在の医療制度のもとでは、2週間での退院が推奨されています。これは国の施策によるもので、入院期間が14日を超えると補助が大きく減り、病院が得られる利益が大きく下がってしまいます。

このような制度が設けられている背景はいくつかありますが、最大の理由は医療の技術の進歩やレベルアップにともなって、長期入院が必要ではなくなりつつあることがあげられます。急患にも対応している高度な医療を提供する病院でなくとも、一人ひとりの症状に合わせた治療を行うことができます。

一方で病院の病床やドクターの数といったリソースは限られており、緊急性の高い患者さんを優先的に診る必要があります。そのため、緊急性の低い患者は救急病院など高度な医療を提供する病院ではなく、一人ひとりの症状に合った病院などへ転院するのがベストというわけです。

つまり、救急車で緊急搬送されたとしても、機能が回復するまでその病院に入院できるわけではありません。診断結果に合わせて最適な病院を選んで転院する必要があると、心得ておきましょう。

また、緊急の治療を要しないという診断を受けた回復期にリハビリテーション病院に入院するにしても、入院期間の基準が決められています。厚生労働省が定める回復期リハビリテーション病棟入院基準によると、入院期間はおよそ2カ月以内と定められています。したがって、その後も自宅に戻ることが難しい場合は、介護老人保険施設など入所できる施設を探す必要があります。

- 国や厚生労働省は14日以内の退院を推奨している
- 14日以上の入院は利益が減るので病院は嫌がる
- 回復期のリハビリテーション病棟への入院も90日以内が目安

第3部

リハビリ病院から介護老人保健施設Tへ ぞんざいな扱いにイライラが募る日々

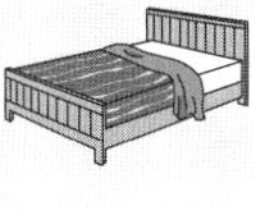

10月1日（火）

朝9時に、新しく御世話になる施設に電話して、何時頃に行けばよいかを尋ねる。すると11時頃に迎えに行きますとのこと。念のために電話して良かった。11時をめどに準備する。母の友人さこちゃんも10時頃に来てくれる。

11時過ぎに施設の迎えの方が2人来てくださった。男性が母を車椅子に乗せ、女性の方がどのような環境で生活していたのかを明美から聞いていた。私は持って行く荷物や家の戸締りなどをする。3人で施設の車に乗り込み、さこちゃんは自分の車で付いて来てくれた。

施設に着くと、色んな書類へのサイン、押印。そしていちばん嫌だったのが、延命措置について。開業医のK君は「皆通る道や」と言ったけれど、入所してすぐにこの書類にサインしなければならないとは……。

部屋は玄関を入ってすぐの1号室。同室の人たちは皆さんカーテンをしてしまっているので、どんな人なのか全く分からない。これでは母は寂しがるだろうと思う。

おまけにテレビも映らないとのことで、持って帰ることになってしまった。何ということだろう‼　着替えなどをロッカーに仕舞って、明美を2時に帰らせる。母には寂しさを感じさせないように「また来るから、もう少しここでリハビリ頑張って！」と言ってさこちゃんの車で帰宅。

10月10日（木）

マールブランシェでプリンとシュークリームを買い、1時半の特急で西大寺へ向かい、2時25分発のバスで施設へ。3時前に到着。

部屋へ行くと母はいない。廊下に戻ると、玄関と反対の場所に人が集まっているので行ってみる。すると、端っこにいた。おやつの時間だと言うことであるが、御茶は出てくるけれど、おやつの姿はなし。尋ねてみると、母はお茶だけと言うことだった。プリンとシュークリームを買ってきてちょうど良かった。買って来たプリンを食べさせると、美味しそうに食べてくれた。食べている間、昨晩五条（父の弟宅）から電話があって、祭においでと言ってくれたことを話したら、母は「太鼓の練習そろそろやな」といったので、「もう随分前から練習してるから、太郎がその音聞いて鳴くのでうるさいわ」と言ったら笑っていた。

シュークリームは要らないと言うかなと思いながら尋ねたら、食べると言ってくれた。一口食べて「皮が顎たんに付くなぁ」と言う。そう言いながらも、殆ど食べてくれた。久し振りに嬉しく思った。それを食べている時に、ケーキのパンフレットがあったので、どれか食べたいケーキあるかと尋ねると、「赤とんぼ」という題のケーキが食べたいと言い、「ゆうや～け、こやけ～の赤とんぼ」と歌い出した。これまた嬉しかった。

食後はトイレ。用を足している時に、フィリピンから来ている女性が「大丈夫？」と様子を見に来てくれた。部屋へ戻ると、また来てくれたのでしばらく話をする。彼女は故郷に6人も兄弟がいるのだとか。「寂しいけれど、テレビ電話で会っているから大丈夫」と話してくれた。その後、土曜日の風呂用に、タオルなどを準備する。眠ってしまった母に乳液等を塗るもやっぱり目を覚まさない。シャトルの最終時間まで待ってみたけれど起きないので、仕方なく母を起こして帰ることを伝えてから帰宅。

10月17日（木）

昨日から急に寒くなったので、母の膝かけやケープを届けようと準備して出勤。授業が終わって成績等を提出してすぐに地下鉄に乗るが、それでも施設に着くのは3時前になってしまう。
部屋に行ってみるとベッドが空っぽだったので廊下へ。探してみると端っこの方で一人車椅子に座っていた。マールブランシェのプリンと先週母が言っていた「赤とんぼ」という名の付いたケーキを買って行ったので、食べさせたいことをヘルパーさんに伝える。彼女は「尋ねてきます」と言ってくださり、その後、母の車椅子を押して部屋まで連れて来てくださった。

ケーキの箱を開けると、やはり赤とんぼのショートケーキを食べると言った。栗や梨が入っているようだった。1個食べてくれた。その後、プリンもと言うと、腰が痛いから横になりたいと言う。しかしそこを何とか、と言って、プリンを半分食べさせた。

シャツや肌着を着替えさせてからベッドへ。すぐに眠ろうとするので、化粧水等をつけ、ボディーローションを脚につける時は、蹴る動作を10回させた。この力は少し弱くなっているようなので、これからもさせないと。

いちおう持ってきた膝かけやストールの説明をしておいたけれど、分かっているのかどうか。とにかく寒いからそのあたりに置いておくと、ヘルパーさんも気が付いてくださるかと思って車椅子の背もたれに置いておく。家へ持ち帰る洗濯物などを整理して最終シャトルに乗る。

10月27日（日）

朝、準備をしていると明美から電話。昨日さこちゃんが来てくれて、枝豆の卵和えを差し入れしてくれたとのこと。それから、「普通の袖の服は着せにくいので止めてほしい」とヘルパーさんから言われたとのことであった。おそらく服を着る時に母が「痛い、痛い」と言うからなのだろう。もしかしたら打撲しているからかも知れないと思っていたけれど、明美は母は左手の麻痺が原因だからだと言う。明美はスウェットのような物のほうが良いのではと言ったので、分かったと答えて電話を切る。出掛ける前だったので、慌ただしかった。

それでもシャトルの乗り場には15分前には着いた。乗客は一人。12時前に着いて2階へ直行。鶏ミンチのような物、ほうれん草、硬めのお粥、栄養価の高いヨーグルトという献立で、ほうれん草は半分くらい残したが、お粥は9分通り食べてくれた。副菜、ヨーグルトは完食。

その後、トイレに行き、歯磨きをして自室へ戻る。服を着替えさせて、なるべく袖に余裕のあるような服を着せたつもりだけれど、また文句を言われるかもしれない。車椅子からベッドに戻る時に、柵に取り付けられた取っ手が緩んでいたので危険だと思った。すぐに締め直したのだが、ロックと書いてあるけれど、ロックがどこか分からなかったのでナースステーションで尋ねてみる。男性のヘルパーさんが来て見てくださったが、完全なロックは出来ない物だといわれた。それで、「常に緩んでいないかと注意をしなければいけませんね」と言っておいた。本当は、「注意してくださいね」と言いたかったけれど、言えなかった。

その後、化粧水やボディーローション等を塗り、ホッと落ち着いたので自販機で暖かいミルクティーを買った。部屋に戻って母に「飲む?」と尋ねるとうなずいたので、起こして二人で飲んだ。母は「美味しい」と言ってくれた。

11月3日（日）

朝から雨だけれど、シャトルの乗り場へ行く迄は小雨だったので自転車で。

施設へ着いてすぐに2階へ。すでに昼食は来ていたが、まだあまり食べ進んでいなかった。いつものようにゆっくり食べていたら、またまた皆帰って行き、隣の患者さんがゆっくり食べているのを見かねて「○○さん、もう終わりやからね」と言って、ヘルパーさんたちはトレイを下げて行く。彼女たちは母のすぐ横でテーブルを拭いたり、床の掃除をしはじめたりしているのを見たら、イライラしてつい、母に早く飲み込むようにと急かしてしまう。そんな私に対して母は「うるさい」と言わんばかりに車椅子の手すりを叩く。それを見て私はまた腹が立つ。

今日は、言いたくないけれど、母に怒ってしまった。そしたら、母もまた腹が立ったのか泣き始めた。ヘルパーさんが傍に居て、それを見ていたので、「泣かなくてもいいの」と強く言ってしまった。もう嫌になる。

漸く食事が終わってトイレ。そして階下へ行って歯磨き。部屋へ帰って着替えてからベッドへ。そして化粧水などを塗って一段落したので、「コーヒー飲む？」と尋ねたら、飲むと言ったので自販機で買う。3分の1くらいをカップに入れると、「コーヒーの良い香りがする」と言って美味しそうに飲んでくれたので嬉しかった。ミルクボーロを一緒に食べてくれるかなと思って持って行ったけれど、要らないようだった。それなら私がと思って、残りのコーヒーを飲もうと思ったら、誰かが入ってきた。見ると、大と大の奥さんの奈美ちゃん、そして娘の咲ちゃんだった。

それから母は、嬉しそうに咲ちゃんの行動をじっと見ていた。連休だから車が混んでいたのではと思ったが、そうではなかったとのこと。良かった。大は咲ちゃんがウロウロするのに付き合って廊下にいたので、私は奈美ちゃんと話していた。すると母は「啓子、一万円持ってる？　持ってたら貸して。大にあげるねん」と言う。ええ？　と奈美ちゃんと私。財布からお金を出して母に渡す。

大が咲ちゃんと部屋に入って来たのを知って、「大、これで何か買い」と言ってお小遣いを渡していた。大は照れくさいのか、咲ちゃんに受け取らせていた。それから皆で一緒に施設を出た。

夜、明美から電話があって「体調が良くないので、明日は行けない」とのこと。彼女の都合も理解できるけれど、私も家の事や、仕事のことでしなければならないことが沢山あるのにと思うと、腹が立って、情けなくなった。頼っている私がいけないのだろうが……。

11月10日（日）

いつものシャトルで行く。着いて2階へ上がるが、母はいない。リハビリでもないし、トイレかと思い、2階、1階と探すがいない。おかしいなと思うが、誰も何も言ってくれない。まさかと思ったが1階の端のホールへ行くと、手を上げている母の姿が。「どうしたの?」と尋ねると、「さっきから手を上げたりして呼んでいるけれど、誰も気付いてくれへん。トイレに行きたい」と言う。ナースステーションの方を見ると、二人の看護師が居るけれど、全く気付いていないようだった。トイレもそうだけれど、昼食なのにどうしてこんなところに一人置いておくのかと思うと、腹が立ってきた。

それですぐにトイレに連れて行き、食堂へ。着くなり「置いてきぼりにされたね」と言いながら車椅子を留めた。隣に居るヘルパー二人は何も言わず黙っていた。一言あってもいいのでは、と思うが、彼らは黙っていた。

それからいつものように昼食。そしていつものように、ビリ。けれども、栄養補助飲料を3分の1くらい残して後は全て食べてくれた。それからまたトイレ、歯磨きをして部屋へ。食べこぼしで汚れている上着を着替えさせてベッドへ。そして、化粧水等をつけている時に、ヘルパー二人がやって来て、先ほどの件を説明し始めた。

彼女たちは「次女さんに言った」と何度も言うのだが、私は「妹から何も聞いていない」としか言いようがなかった。あくまでも、置いてきぼりにしていないことを言いたかったのだろう。1階でゆっくりと食べてもらおうと、次女さんと話したと言う。それならば、なぜ2階の食堂にはいつも通りエプロン等の準備や昼食まで置いてあったのか、そして母は、ホールの真ん中にポツンと置かれていたのか。もし彼女たちの言うことが本当ならば、昼食を取ることが出来るようにテーブル等の前に車椅子が置かれていてもいいはずである。それなのに、「下のホールでゆっくりと食べてもらおうと思って」云々はおかしい。そうはっきりと言いたかったけれど、これは言わなかった。その代わり、「あの状態で、一人放っておかれたら、また転倒ということになりますよね」ということと、「施設長さんは『うちでは1時間までなら食事をしても大丈夫ですよ』とおっしゃってくださいましたけれど、食べていてもお構いなしにどんどん片付けられますし、早く出て行けと言わんばかりの状態ですよね。

そちらにはそちらの時間があるのかもしれませんが、母は落ち着いていても、ついこちらがイラッときますわね」と言っておいた。

その後、洗濯物等の整理の後、シャトルの出発まで時間があったので明美にメール。明美は何も聞いていないと言う。それを読んでまた腹が立ってきた。思いの丈を言いたかったけれど、悲しいかなそれは言えなかった。

11月17日（日）

10時に植木屋さんにお茶を出し、ママさんの洗濯物にアイロンを当ててから、急いでシャトルに向かう。着いたら1階のホールをチェックして2階へ。食事はまだ来ていなかった。母と少し話していたが、それでもまだ来ない。

沢山の人が同時に食事を摂るのだから一概には言えないけれど、母のように食事に時間のかかる人には、なるべく早く持ってくるとかの配慮があればいいのにと思う。

ようやく届けられた昼食は、いつも何の副菜か分からないけれど、卵とほうれん草のような気がした。滑り込みでお粥のような御飯と副菜を食べ終えたが、途中、お茶が欲しいと言う。しかしトロミ茶のほうが良いということだったのに、全くそれもなく、言いに行くと「下へ取りに行ってきます」とのことだったので、「普通コップで結構です」と言って皆と同じコップにトロミを入れてもらった。追い出されない内に食堂を出てトイレを済ませた後、栄養補助飲料とヨーグルトは自室でゆっくり食べた。補助飲料は少し残し、ヨーグルトは全部食べた。

それから歯磨き。そして部屋に戻ってベッドへ。今日は洋服も汚れていなかったので、そのまま横にさせる。

11月23日（土）

植木屋さんにお茶を出してから、ママさんの洗濯物にアイロンを掛け病院へ。着いてすぐにホールをチェックしてから2階の食堂へ。母は出入り口をじっと見ていて、私を見ると右手を上げた。私はいつものように「ボンジュール！」と言ったら、母も「ボンジュール！」と返した。さっぱりしていると思ったら、お風呂に入れてもらったのだとか。

それから食事。今日はお好み焼きが副菜となっていた。さすがは関西地方と思った。母は栄養補助飲料とお好み焼きを食べたが、固めのお粥の主食はあまり進まず、6分くらいしか食べなかった。お好み焼きは何とか食べたが、「お好み焼きは、ビールでないと進まないよね」と言うと笑っていた。

食事の時に母の後ろに見える外の景色を見て「外は暖かそうやけれど、暖かいの？」と言うので、「暖かいよ」と言うと「外へ行きたいな」と言う。それから前の方の誰かを見て笑っている。そして「私、あの子嫌い」と言う。「そうなん。あの人、ママさんに意地悪したりするの？」と尋ねると、ただ「顔が嫌い」だとか……。ホントかな？

栄養補助飲料とヨーグルトを持って自室へ。そこで飲料だけ飲んだら、ヨーグルトは後でというので、歯磨きをし、トイレへ。トイレはもう遅かったたし、大便が付いていたので尿パッドを替える。そして外へ行くと言うので庭の方へ出るが、5メートルも行かない内に「寒いから入るわ」と言うのですぐに戻る。そして部屋に戻ってヨーグルトを飲んでからベッドへ。

お風呂の日だったから余計に化粧水等を塗ってやらねばと思いながら、ついでに左脚の曲げ伸ばしをする。いつもは「痛い」を連発するが、今日はお風呂ですっきりしたのか、眠いのか、何も言わなかった。

11月28日（木）

午前中の授業が終わって母の元へ。いつもならホールに居るのに、今日はベッドで眠っていた。気分でも悪いのかと思ったけれど、他の人も部屋に居るようだった。

3時前だったので、コーヒーゼリーを買って来たからと言って母を起こす。そして車椅子に乗せていると、ヘルパーさんが「3時のおやつのスウィートポテト」だと言って持って来てくださった。それを受け取ってから「トイレが近いので、ご迷惑をお掛けしているようですね。申し訳ございません」と言った。「いいえ」と言って部屋を出られたと思って母に前掛けをさせようと思ったら、戻ってこられて「そんなん当たり前ですやん。この間も『ごめんな』て言わはりますねん。せやけど『高齢者やねんからしゃあないねん』て言いましてん。気にせんといてください」という答えが返って来たので意外に思った。

それから母と丸福のコーヒーゼリーを食べると、母は何度も「美味しい」を連発しながら食べてくれた。自分が好きなコーヒーの香りが強いし、おまけに冷たいから余計に美味しく感じるのだと思う。途中でトイレに行ったりもしたけれど、ゴディバのチョコも1個食べてくれたので、おやつのスウィートポテトはそのまま返しに行った。

その後、上着とパンツが汚れていたので着替えさせてからベッドへ。するとまたウトウトし始めた。私はシャトルの最終便に乗るために準備をしていたら、フィリピンのMさんが爪を切りに来てくれた。母に切ってもらうかと尋ねると、うなずいたので切ってもらう。その時に、ミルクボーロを少しあげたら、これはフィリピンにもあると言う。そしてゴディバのチョコを1個あげたら喜んでいた。切ってもらっている間、シャトルを気にしながら少し話した。

Mさんによると、今日の母は「昼食の時に入口ばかり気にしていた」のだとか。「いつも誰かが来るので、来てくれると思っていたのだろう」と言う。「ず〜と見ながら食事をしていたよ」とも。それから私は妹で、明美が姉だと思っていたようで、私が姉だというと驚いていた。それに母も82歳とは思えず、60代だと思うと言う。母の耳元で言うと（補聴器を外していたので）嬉しそうな表情をしていた。

爪切りが終わって彼女が部屋を出たので、私も洗濯物等を持って施設を出る。明日、入試の面接で出勤だから明美に替わってもらう予定である。しかし、寒いらしいので暖かくして行ってやって、と電話する。そして明日行ってもらって、土曜日にも行ってもらうと連続になるので、土曜日はキャンセルした方が良いかと尋ねると、それが良いと言う。行くと言ってくれるかなと思ったけれど、甘かった。いや、期待する私がバカだった。ここ何週間も休みがない。倒れそうである。

12月5日（木）

今日は出勤。けれども明美に頼めないので、母の所へ行ってから出勤する。昨晩は人身事故のせいでタクシーで帰宅したため、家からシャトルの乗り場まで歩く。シャトルは遅れた上に混んでいて、施設に着いたら殆ど12時だった。

部屋からホールへ行きチェック。それから2階の食堂へ。しかし、入口から母のいつもの場所を見ても母がいなかった。どうしたのかとあちこち見たら、手前に男性のヘルパーさんがおられたので見えなかったのだ。

傍へ行くと黙って右手を上げて挨拶をしてくれた。食事を見ると、割と食べていたのだが、入れ歯をしていない。聞くと「食事が始まってから持って来てくれはったから」と言う。よほど「順番が違う」と言いたかったけれど、それは堪えて「他人に頼らず、自分で入れればいいんだから」と母に言う。隣で御飯を食べさせていた男性のヘルパーさんが、気を利かせてその隣の女性のヘルパーさんにつけてあげてと言ってくださった。わざわざこちらに来てくださったけれど、「自分でさせますから結構です」と言って断った。

それからまた食事。今日は比較的早く食べ終わり、ヨーグルト迄食べて時間切れ。完食。しかし栄養補助飲料だけ持って階下へ。それから、まず先に、腰が痛いを連発していたので、シップ薬を貼る。それから栄養補助飲料を飲むが、これは3分の1くらいは残しているようである。

それから歯磨き、トイレ。トイレから部屋に帰る時、外へ行くと言ったので、玄関から花壇のある方へ出ようと扉を開けたら、冷たい風が入ってきた。それを感じて「やめとくわ」と母。言うのも早いけれど、やめるのも早い。それで部屋へ戻って、上着の汚れを取った後、漸くベッドに。

化粧水などを塗っていたら、すでにもう眠りの状態。それならちょうど、もうすぐにバスの時間だから出勤しようとトイレへ。部屋に戻る時にMさんに会ったので、「今月末で3カ月になるし、年末年始となるのでどうすればいいのかご相談しようと思っていました」と言うと、「年末年始でもここにいてくださって結構ですよ」と言ってくださったので少し安心した。それでお礼を言って部屋へ。出勤の支度をしてから母にそのことを言い、ナースステーションに挨拶をしてからバスに飛び乗る。

夜に明美から電話があり「明日行かんでもいいな」と言う。私がどれだけしんどい思いをしているのかを言っても、「そしたら行くわ」とは言ってくれない。まぁ、明美を頼ろうとする私がいけないのかも知れないけれど……。

12月12日（木）

午前の授業が終わってプリントを数種類印刷してから大学を出る。いつものコーヒーゼリーを買って、いつもの電車に乗り、いつもの時刻に施設に到着。玄関に入るや、Mさんがこちらを見たので挨拶をしたら、母が連れられていた。「お願いします」と言って私は部屋へ。コート等を脱いで母を待つ。

部屋に戻って来たので、まず来月の講演のポスターのゲラが送られて来たのでそれを見せる。じっと見ていた。それからコーヒーゼリーを食べる。何度も美味しいと言ってくれるので嬉しくなる。ゼリーを食べながら、西に広がる大阪の景色や外の寒さ等を話す。ガラス越しの日差しは暖かかったが、少し強かったのでカーテンを引く。

食べ終わってからシップを貼ってベッドへ。すると、暫くは起きていたが、やはり眠ってしまう。化粧水等をつけても眠ったまま。あれではダメだと思う。何とかならないものか！

後片づけをして時計を見たら、最終の1台前のシャトルに乗れそうだった。たまには明るいうちに帰りたいと思ったので、母を起こして帰ると伝える。廊下に出ると、Mさんがいたので、明日は休みかどうかを尋ねた。仕事だと言うので、国に帰る時のお土産を明日持って行こうと思う。

12月20日（金）

準備をしていたら、外が暗いので3階に上がってみると雪が降っていた。慌てて病院へ電話してシャトルが動いているか否かを尋ねる。そして雪の中を歩いて乗り場へ。

施設へ着いてから、部屋でコートなどを脱いで2階へ。じっと出入り口を見ていたので、両手を振ると、片手で答えてくれた。雪が降っていたことを告げると、「寒かったやろ」と言う。それからトレイを取りに行って食事を始める。少しでも早く食べなければと思うからである。

副菜は、今日の普通食がどんぶりだから、そのミキサー食だと思う。母は美味しいと言ってお粥と共に食べていた。主食と副菜を全て食べてから、いつものように栄養補助飲料とヨーグルトを持って自室へ。そこで残りを食べる。今日は、アイルランドから送られてきたチョコを持ってきたこともあって、時間がかかってしまった。バタバタして終わったのが1時を過ぎていた。

事務の方が「また改めて」とおっしゃったけれど、自分が決めておいて改めてはないだろうと思いすぐに応接室へと飛び込んだ。私は単純に結果報告だと思っていたが、それぞれの担当の方が色々説明をしてくださったので、シャトルの時間が気になって仕方がなかった。

リハビリはいちばん気になっていたけれど、20分しっかりとしているとのこと。これはどのようにしているのか、一度見たいものだと思っているが、言えなかった。食事に関しては、ミキサー食が気になるが、サイコロ食だと誤嚥が心配だからとか。分からないでもないけれど、そればかりで、果たしてどうなんだろうと思う。

介護に関しては、黙って置こうと思ったが、矢張り前回の置き去りの一件が思い出されて、言ってしまった。この件に関しては、あちらも言いたいことがあるようで、また次回ということになった。こちらとしては、人質がいるみたいなものなので、次回は話を聞くだけにしておこうと思っている。今のところ。

2時10分ギリギリでシャトルへ。太郎の訓練がなかったらこんなに慌てなくてもよかったのに。

12月27日（金）

朝気が付いたら9時過ぎ。驚いて飛び起きる。仏壇の花を替えながら、太郎の訓練のことを思い出す。きっと鳴いていたのだろうが、それも全く気が付かなかった。なんということか！

取りあえず太郎を散歩に連れていき、餌を与えて、それから神様や仏壇の花を替えて大急ぎで準備していつものシャトルに乗る。

2階へ行こうとしたら、スタッフの方から呼び止められる。今日は餅つきがあるので、食事が早くなっているとのこと。慌てて2階へ。

母を見ると、口の周りに一杯何かを付けていたので少し悲しくなる。それからすぐに横に腰掛けて口の周りを拭く。そして「梅ひじき」をお粥に掛けると、これは美味しいと言う仕草をしてくれた。

皆が食事を終えて帰り始める時に、昨日母の後ろのテーブルでゆっくり食べていらした方が咽せはじめたので、席を立って背中をトントン叩いてあげた。すると、リハビリの看護師さんが来て、代わってトントンされ始めた。私は母の所に戻ったが、看護師さんはその方に「今日はもう食べん方がいいな」とおっしゃっていた。

また、母の横には目の不自由な方が座っておられて、時々ご飯が無くなっていてもスプーンで食器の中を探していらっしゃる。それで、私が時々「もうないから、次はこれを食べましょう」と言ってあげたりしている。今日もそうだった。

自分とは関係ない入所者さんたちに対するこれらのことを、そのリハビリの看護師さんが見ていらしたのか、看護師の責任者の方が挨拶に来られた。「お世話になりまして」とおっしゃるのだが、今までだってしてきたことなので今さらという感じ。もしかすると食事の時の様子を見ておられた看護師さんが、「職員のすることですから」とおっしゃっていたので、迷惑を懸けたからとかおっしゃったのかも知れないと思う。そんなのお互いさまなんだから気にしなくていいのに。

今日の母は食事の時にヨーグルトも食べてくれた。食事を終えると部屋に戻り、歯磨き、トイレなどを済ませた後、ベッドに座ってシップの張り替えをしていたら眠ってしまった。

12月31日（火）

今日から３日までシャトルは運休なので、電車とバスを乗り継いで母の所へ。そしてバスというルートで行く。しかし、電車が遅れ、バス停まで走ってギリギリセーフのところで出発。

２階へ行くと、食事が始まっていた。顔見知りの入所者さんが「今日は少し遅かったですね」と言われたので、「はい」と答えておいた。それから食事を見ると、カレーと刻んだキャベツとハム、緑野菜とチリメンジャコの和え物、福神漬けとラッキョというメニューだった。全てが細かく刻まれていた。母は「カレーが美味しい」と言っていたが、御飯は欲しくないと言って余り食べない。キャベツの刻んだのや、緑野菜も欲しくなかったようで、余り食べない。それではダメだと思って少し強めに食べなさいと言ったら、それを洗面所で全部吐き出した。何度も繰り返し「飲み込んで！」と言ったのにと思ったら、腹が立って来た。腹を立ててはいけないとは思うけれど、立つのである。

歯磨きの後、トイレを済ませて部屋に入って外の景色が見えるように西向きに車椅子を止める。それからコーヒーを飲むかと尋ねると飲むと言うので自販機へ。「ブラックコーヒー」が飲みたいというので半分入れると全部飲んでくれた。「もっと飲む？」と聞くと「うん」と言うので残り半分も全部飲んでくれた。嬉しかった。

今日は入浴日だったらしいので、化粧水等を塗る。ボディーローションを塗ろうと左脚を見たら、すごく腫れあがっていたので驚いた。右脚も確認すると、左足ほどではないが、それでも腫れている。ナースステーションへ行って足のことを伝えると、部屋へ来て診てくださった。枕か何かを置いて様子を見ましょうということで、枕を置いてくださったけれど、ちょっと心配である。

◎2014年1月1日（水）

朝から神社へ、御神前を持って行ってから母の元へ。正月なので多くの店は閉まっているのだが、初詣の人で電車は混んでいた。

着いて食堂へ行くと食事が始まっていた。一見正月用かとも思ったのだが、仕出し弁当だった。母の弁当は小さくきざんであるのだが、「細切れのかまぼこが固い」と言って全く食べようとしない。魚は鰤のようで、これは美味しいという仕草をするものの、少ししか食べない。いつものように制限時間ギリギリになっても食べず、殆ど残して部屋を出る。そのままトイレへ。

私が隣に座って「噛んだ？」「飲み込んだ」を繰り返し言っているにも拘わらず、食後の歯磨きの時には飲み込んでいないものがゴロゴロ出てくる。それを見て、思わず母に強く言ってしまった。せっかくの正月なのに、何てことだろう……。

それから部屋へ。湿布を貼ってから横にさせて脚を見る。昨日より少しマシになっているように感じる。それから暫く眠らせていたが、目を開けたように思えたので「コーヒー飲む？」と聞くとうなずいたので一緒に自販機へ。コーヒーを買って熱帯魚の水槽を見ながら一緒に飲んだ。水槽の中に小さくてブルーに光っている元気な魚がいたので指差したら、「ネオンテトラやろ」と言う。私が全く知らない魚の名前がスラスラと出てくるなんてすごい、と思った。

1月7日（火）

久し振りに母の元へ。自分の顔がなんだか疲れていて嫌になるが、シャトルに乗る前に友人である津子が入院している病院に寄ってお見舞い。少し話をしてからシャトルへ。

2階へ行くとこちらを向いてお茶を飲んでいた。暫くして、漸く食事が運ばれてきた。とんかつと青菜とニンジンのお浸し、かぼちゃと玉ねぎの味噌汁、そして柔らかめの御飯。味噌汁は美味しいけれど、かぼちゃは要らないと言う。食事の時に、津子も入院していることや、荒神さんのお札のことなどを伝える。

手に触れてみると相変わらず冷たかったので温めていたら、両目を閉じて一見嫌そうな顔をしながらも喜んでくれた。食事を終えて自販機でコーヒーを買って部屋へ。

生八ツ橋を買って来たことを言うと、コーヒーと一緒に1枚食べてくれた。チョコレートは最初は要らないと言ったが、後で1個食べてくれた。

その時、隣で「ドシン！」という音がしたので見ると、隣の患者さんが簡易トイレの前で倒れていた。慌ててナースコールをするが、応答がないので部屋を飛び出すと、離れた部屋にMさんが居たので「Please, come here」と大声で言って来てもらった。

それから歯磨き、トイレなどを済ませてベッドへ。足を見るとまだ少し浮腫《むく》んでいる、左はもっと浮腫んでいるので暫く擦る。それから靴下を締め付けない緩やかなハイソックスに替えてから、布団を掛けて化粧水等を塗る。いつものように「冷たい！」と文句を言いながら、ウツラウツラし始める。

1月17日（金）

いつものシャトルで向かい、11時半過ぎに到着。部屋でコートを脱いでから、持って来た洗濯物などを整理する。すると、栄養士さんやヘルパーさんらが入って来られた。何事かと思ったら、母がラーメンを食べたいと言っていることについてだった。「隣の病院の食堂なら行けるのでどうですか」と言われた。ヘルパーさん曰く「食べたいとおっしゃっている物は、なるべく食べるようにさせてあげてください」とのこと。

最近の母は食事への意欲が高まっているだけでなく、話すようにもなってきているのだとか。昨日は「緑色の上着が綺麗ね」と言ったら「私は緑が好きやねん」とか「これは肩掛けで袖はないの」などと話すようになったという。それがよくなっている兆候なら良いのだけれど。

そんな話を終えてから急いで2階へ行くと、入口をじっと見ながら食事をしている母の姿があった。副菜は筑前煮だった。母は美味しいと完食。玉ねぎとニンジンの味噌汁も美味しいと言っていたが、具は少しも食べずに汁ばかり吸っていた。他にパイナップルや野菜の白和えがあったが要らないと言う。御飯にはタラコのほぐした物を掛けて食べていて、これも美味しいと言っていたが、4分の3くらい食べただけだった。

食事の途中で栄養士さんが来られて、食堂のメニューを持って来てくださった。早速母に見せると、やはりラーメンを指差した。明日にでも連れて行ってあげようかなと思う。

1月18日（土）

食堂に入るといつものように入口をじっと見ている母がいた。私の顔を見るなり、「さこちゃん、けぇへんなぁ」と言うので、「忙しいのと違うか」と言っておいた。暫く食事を待っている間、母は珍しく「お腹すいたな」と言う。こんなこと言ったことがなかったので嬉しかった。

副菜は、春雨と鰆の中華風、かぼちゃとサンド豆の煮物、麸の吸い物そして御飯だった。どれも美味しいと言って食べてくれた。と言っても全てが完食ではなく、春雨と鰆の中華風と主食は八分くらい、かぼちゃとサンド豆の煮物は全て、吸い物は半分くらい食べてくれた。

食事を終えて部屋に戻り、母にラーメンを食べたいかどうかを尋ねてみた。すると「食べたら体が温まるかな？　行こか？」と言う。一応昼食を済ませているのでそんなに沢山は食べないと思ったけれど、とにかく行こうと言うから連れて行く。

外は寒いのでショール等を掛けて暖かくして外へ。食堂へ入ってラーメンを注文。入れ歯が入っていないので、ラーメンを口に入れても、麺が落ちて来る。何度も落ちるので、少しずつレンゲに入れて食べたら、上手く食べられるようになった。スープも美味しいらしく、何度も啜っていた。お茶を手に「これ、ビールと思って飲むわ」とも言う。食べさせてあげてよかった。

1月25日（土）

いつものシャトルで母の元へ。部屋に行くと車椅子がある。昨日咳をしていたので、熱でも出て寝込んでいるのかとハッとした。寝ている母をそっと起こして「しんどいの？」と尋ねると「眠たいねん」と答えたので安心したが、また忘れられたと思って腹が立った。

すぐにナースステーションへ行ってヘルパーさんに「すみません。母を食堂へ連れて行っていいのでしょうか?」と尋ねた。すると「えっ、あっ、はい」とおっしゃる。まぁ、「忘れた」とは言えないだろうけれど、うろたえていたのは確かだったのでさらに腹が立って来た。

母をベッドから起こして食堂へ連れて行く。皆、黙々と食べている。それでなくとも食べるのが遅いのに、これから食べたら、食べる時間なんかないわと思うと、ますます腹が立って来た。

メニューは、ちらし寿司と豆腐の味噌汁、緑野菜の和え物。案の定、チラシは3分の1も食べなかった。味噌汁も半分。具の豆腐も殆ど食べず。和え物などは殆ど食べなかった。そこへ来て、風邪をひいているからか薬があったが、この薬がまた大きい。小さくして食べさせればよかったのだが、そのまま食べさせたので、飲み込むのが大変だったと思う。なかなか飲み込めないので、母に向かって「飲み込んだ?」を連発。この日はずっと腹の立つことばかりだった。

2月4日(火)

朝からかなり寒い。母のカーディガンにアイロンを当ててから急いでシャトル乗り場へ。

寒いので、自転車を漕いでいると顔が痛い。

それから食堂へ。今日は御飯と副菜は鶏肉と卵の煮物、ブロッコリーのサラダ。御飯は「柔らかい！」と文句を言っていたがほぼ完食。鶏と卵の煮物は美味しいと言って完食。御飯に振りかける佃煮の代わりに筍昆布というのを出したが、お口に合わなかったらしい。

洗面所が混み合っているので部屋へ。コーヒーゼリーを食べるかを尋ねると、食べると言う。しかし、半分くらい食べてから「液体のほうが良い」と言って、ゼリーを私に渡す。私は、それを食べようかなと数口食べたが、苦くて止めた。「苦いのが良いねん」と母は言うが、苦いのはどうもいけません。

それから飲み物を買いに玄関の自販機へ。自分でお金を入れて、選んで、おつりを取って缶を取ることを一人でさせる。それから事務所前に置いてある雛飾りを見ながらコーヒーを飲む。飲み終えた後、母が「雪に当たりに行こか」と言う。コーヒーを飲みながら外を見て「雪が舞ってる」と言っていたので見たくなったのだろう。歯磨き、トイレを済ませて羽織る物を取りに行ってから外へ。

外へ出ると母は「寒いなぁ」と言う。けれど、その時はお日様が出ていたので、それほど寒くは感じなかった。車椅子をどんどん押して南の方へ行くと、ネコが縁の下でじっとしていた。1周回ってから玄関へ戻り、部屋へ。

ベッドに横にならせてから、化粧水等を塗って、久し振りに手足を動かす。たまに「痛い」と言うが、素直に動かしてくれた。

2月11日（火）

洗濯物をどっさり持ってシャトルへ。風が強いので、自転車まで飛ばされそうになって少し怖かった。


母の施設に着くと、祝日なのに事務所が開いていたのに驚く。部屋へ行って荷物などを置いて廊下に出ると、Hさんが「昨日の事、聞かれましたか？」と言ったので、「いいえ、知りませんが」と言う。聞いてみると、昨日の朝方、母がトイレで尻もちをついたらしい。状況を尋ねると、トイレまで連れて行ってくれたが、後は放っておかれたようであった。少しムカッときたので、「もう少し、傍にいてやって頂きたかったですね」と言ってしまった。早く母の顔を見たくなったので、急いで2階へ。

食事はもう運ばれていて、母は食べていた。カレー、チリメンジャコと青菜の和え物、キャベツとかまぼこのサラダ、福神漬けとラッキョという メニューだ。カレーは辛いらしく「あんたは食べられへんわ。辛いから。せやけど私は美味しい」と言って、サラダもほぼ完食。食べ終えたら「下へ行こか」と言って車椅子のブレーキを外そうとする。その一方で「足が上がらへん」と言う。だけど心を鬼にして自分でするように言う。母が車椅子のステップに足を乗せるまで後ろでじっと待つ。以前だったら自分で出来たのに、リハビリはどうなっているのかと訝しく思ってしまう。

2月27日（木）

今日は室内アンテナとテレビを持って行った。傘をさしてテレビ、アンテナ、母の洗濯物など、買い出しのおばちゃんのように両手に荷物を持って向かう。部屋に着いて荷物を置いてから、事務所へ介護保険証を持って行く。更新のために必要なのだとか。

それから2階へ。慌てていたので海苔の佃煮を忘れてしまい、もう一度部屋まで取りに戻る。蓋を開けると箸でお粥に置き、食べ始める。数口食べたところで、「甘いな」と母。次から甘くない海苔を買うように気を付けなければ。相変わらず食は進まず、いつものように最後に二人残ったが、敢えて急がせなかった。それから自室へ。

昨日、シェ・アオタニで買ったプリンを食べるかと尋ねるとうなずく。大きなプリンなので全部は無理だろうと思ったが、全部食べてくれた。それから歯磨き、トイレなどを済ます。

テレビの準備に取りかかったのだが、スタンドがきちんと設置できない。漸くそれをして、今度はテレビの設定へ。大阪だの、郵便番号だのを入力しろと指示が出る。その通りにやったつもりだけれど、室内アンテナと繋いでも全く映らない。その間も、向かいの入所者さんが話しかけてきて、「映らへんやん」と言って来るからイライラした。結局映らなかったので、そのまま放置していつものシャトルで帰って来た。

3月12日（水）

母の施設へ行く前に郵便局、電気屋さんへ。いつものシャトルに間に合うように時間的に余裕を持って行動していたのだがギリギリ。

まず部屋へ行き、つけっ放しのテレビを消してから2階へ。今日の食事は鰈の煮物、かぼちゃの煮物、ポテトサラダ、メロン。おかゆは佃煮と一緒に食べて、かぼちゃの煮物も完食。ポテトサラダは半分くらいしか食べなかった。鰈の煮物は、8割かた食べてくれた。

部屋へ入って「プリン食べる？」と聞くと、食べるとうなずいてくれた。美味しいを連発しながらも、途中で「コーヒー飲みたいわ」と言い出す。何とか完食してから自販機へ。リハビリ室の前でコーヒーを飲んでいたら、看護師さんが来られて、今朝母がまたへたり込んでいたと言われた。熱もなく、何処にも外傷はないとのことだったが、悲しくなる。母のことだから、歩けるとでも思ったのだろうか……。

ブラックコーヒーを半分飲んだところで、「寒いから外で太陽に当たりたい」と言うので外へ。少し寒かったけれど、ベンチに座って太陽に当たりながら残りのコーヒーを飲む。嬉しい。その後、洗面所、トイレへ。

部屋に帰ってから、湿布を貼って横にさせる。そして化粧水等を付けながらマッサージ。その間母は勿論テレビ。私は持って帰る洗濯物をまとめ、後片付けをして母に帰る旨を告げる。母が「何処かへ行くの」と尋ねるので「何処にも行かないけれど、何か欲しい物あるの?」と尋ねると、今日は「やきそば」と言ったので「わかった」と言って手を振って部屋を出た。

3月20日(木)

朝から雨なので歩いてシャトルの乗り場へ。母の部屋へ寄ってから2階へ行くと、もう食事が始まっていた。鮭フレークのチラシ寿司、飛竜頭、大根そしてニンジンの煮物、豆腐とわかめの味噌汁である。ちらし寿司は錦糸卵の黄色と鮭のピンクだったので、「少し緑があったら良いのにね」と母に言うと、笑っていた。今日はほとんど完食。食堂を出る前にトイレと言うので、２階のトイレで済ませて自室に戻る。

今日のおやつは丸福のコーヒー、プリン、コーヒーゼリーとエス・コヤマのチョコ。その中からプリンを食べたいと言うので開ける。暫く美味しいと言いながら食べていたが「コーヒーを飲みたい」と言うので自販機まで買いに行く。紙コップに注ぐとコーヒーとプリンを交互に食べ、飲んでくれた。

それから洗面所、トイレを済ませて自室に戻ろうとしたらHさんから「お話が」と。それで母をベッドに横にさせてから、会議室で話す。Hさんは「審査はおそらく以前と同じく4級だと思う」とおっしゃった。そのうえで「２週間ほど自宅に戻ることになると思うのでその時期について考えておいてほしい」とのこと。それから4月になると明美が来られなくなりそうなので、それを伝えると「今のように毎日でなくともこちらに任せてもらえば良いですよ」とのことだった。

母が入所してかれこれ3カ月以上になっているので、近くに出来た施設についても考えているのですが、とも話したが、食事等も含めて環境が変わってしまうと、またどのようになるかも分からないからとも言われた。確かにそうかも知れないと思った。

その後、部屋に戻って母に化粧水等を塗る。持って来た洗濯物を片付けてトイレに行き、ゴミ等を処分したら2時を過ぎていたので、母に帰ることを告げる。「何処かへ行くの?」と言うので「焼きそば買って来て、か?」と言うと「覚えてくれてた?」と笑いながら言う。余程食べたいのだと思いながら、部屋を出る。雨の中、トボトボと帰宅。

3月27日(木)

雨が降ったことを考えて自転車をスーパーの駐輪場に置いてシャトルへ。エレベーターの所に母がいたので「どうしたの?」と尋ねると食事を取るジェスチャーをする。それで「声を出して言うの。それもリハビリだから」と言うと、「御飯を食べに行く」と言ってくれた。

部屋へ行くとおそらくチョコレートで汚したのだろう、シーツが拭かれていた。そして横に濡れたタオルがベタッと置かれていた。こちらで始末をしろと言うことなのか、それとも忘れたのか……。兎も角、後で掃除することにして食堂へ。

食事を終えてトイレに行き、洗面を済ませてから自室へ。食後のおやつはコーヒーゼリー。母が食べるのを見ながら上着を見ると、チョコレートがあちこちに付いている。後で着替えさせることにしてベッドへ。湿布を貼り、それからシーツの汚れやゴミをもう少し取って、横にならせる。勿論その後、母はテレビを見る。

私は汚れたまま置いてあったタオルを洗いに行って、帰りにナースステーションに寄って、置いてあったタオルを返す。部屋に戻って化粧水等を塗った後、チョコを食べるかと尋ねるが、珍しく「今、欲しくない」と言う。そう言えばエレベーターの前で会った時の表情もあまり良くなかったことを思い出す。

その時ふと、今日この部屋担当のヘルパーのことを母が凄い顔をして見ていたことを思い出した。シーツなどをチョコで汚くしていたので、彼女に注意されたのだろうと思った。

それで帰る前に「今日は、大変ご迷惑をお掛けしました」と担当のヘルパーさんに言ったら、きまりが悪そうに去って行った。それで私の考えが的中したのだと思った。部屋に帰ってから母に「あのヘルパーさんに気を遣うことないから。食べたい物は食べたら良いから」と言ったのだが、チョコには見向きもしなかった。せっかく好物を食べ始めてくれたと喜んでいたのに。

4月1日（火）

いつものシャトルで母の所へ。玄関で先月分の費用を支払ってから部屋へ。持って行った洗濯物を所定の場所に入れてから食堂へ。今日は春らしい色合いの松花堂弁当だったが、母は殆ど食べなかった。それで食堂を出て洗面所へ。トイレを済ませてから、今日は暖かいから外へ行こうと誘いだした。

外で花でも見ながらだと、持って来たチョコやプリンなどを食べてくれるかもしれないと思ったからである。自販機でコーヒーを買ってチョコを勧める。それらを持って外へ。コーヒーは、まず香りを嗅いで楽しみ、それから紙コップで半分ほど美味しそうに飲む。それから六花亭の新発売のチョコを出すと、食べてくれた。

残ったチョコをベンチに置いていたら溶け始めた。まだ4月なのに暖かいはずだと感じる。保冷剤を出して、その上に置いた。チョコは半分くらい食べ、コーヒーは全部飲んで部屋へ。

横にならせてテレビを見る母に化粧水等をつける。いつものように「冷たい」と言うので、いつになったら言わなくなるのだろうと思いながら塗っている。片付けを終えて母に帰ることを伝えると、「買い物に行くの？」「行くのなら、焼きそば買って来て。帰って来るまで待ってるから」と言う。差し入れはダメなんだけど、なるべく早く母に焼きそばとノンアルコールビールを飲ませてやりたいと思う。

4月18日（金）

２日前に福祉課から届いた母の介護認定について尋ねるために、１台早いシャトルに乗って母の元へ。玄関受付で認定の件で尋ねたい旨を伝えたのだが、係の方がいるのかどうか分からないとのこと。結局Mさんが対応してくださることになった。

まず、立ち会いについて。私からは立ち会いたいとお願いしていたのに、何の連絡もなく面談が行われた。当日は勿論、その前後にも何の連絡もなかったことに関して。これに関しては、Hヘルパーが立ち会ったそうであるが、ということで書類を出して来られた。しかしその書類にはきちんと私の字で「立ちあう」という箇所に丸をしているのが確認できる。そのことを指摘しても彼女は何も反論せず。

次に介護認定が、4から5に変更された点について。これはこちらの施設でリハビリや食事等で色々していただいていることが、全く功を奏していないということなのではないかと伝える。すると、「どれだけ手が掛かるかということで段階が決まるのです」とおっしゃる。けれども私の目から見た母は、入所した時と今とでは決して沢山の手が掛かっているとは思えない。それなのになぜ5段階なのか、全く理解できないと伝えた。よっぽど「施設の都合ですか?」と言いたかったけれど、この方は、おそらくあまりよくわかっておられないのだろうと思って黙っていた。

書類には母の名前が書かれていたが、明らかにHさんの字だったので「母は自分の名前は書けます」と言った。詳しく見たかったけれど、どうせ腹立たしくなるだろうと思って止めた。最後に、役所でこの件に関して相談するつもりであることを伝えて事務所を後にする。

部屋に寄ってから食堂へ。母はエプロンもせずに座ってこちらを見ていた。傍へ行ってまずエプロンをさせて、入れ歯を入れるように言う。いつも痛いからというが、食事が終わったら外せば良いからと言って入れさせる。待っている間、母にこの施設はどうかと尋ねると、「皆良くしてくれる」と言う。家に近い施設に移ろうかというと、うなずいた。そうだろうなぁと思う。

食事を終えてトイレを済ませてから洗面所へ。コーヒーを飲みたいと言うので、チョコなどと一緒に食べさせる。その間、母は何度も「外に行きたい！」と連発していたがその前に化粧水等をつける。そして、コーヒーを飲み終えてすぐに外へ。

生憎曇りがちで、少し寒かったので隣の病院へ。イケメンのHさんがいらっしゃるかもと思ってリハビリ室を覗く。すると別の療法士さんが「Hの患者さんだったですね」と言ってくださったので「はい」と言ったら「あそこにいますよ」と教えてくれた。それで近くまで行ったら漸く気付いてもらえた。

Hさんはこちらを向いて笑ってくださったので、母に「ほら、手を上げて挨拶は」と言ったら手を上げていいた。ほんの暫くじっとHさんの方を見ていて、「Hさん、居たはるね」と言ったらうなずいていたので、もういいかと思い、「さぁ、もう行こ。手を上げて挨拶しとき」と言ったら、手を上げていたので、私もお辞儀をしてリハビリ室を出た。それからいつものコースを散歩して部屋へ。

4月22日（火）

疲れた体を引きずりながらいつものシャトルで母の元へ。部屋に入ると、ちょうどベッドから起こされているところであった。「大丈夫です。やりますから。ありがとうございます」と言ってバトンタッチ。少し寒そうだったのでカーデガンを羽織らせる。エレベーターに向かうと、Hさんが「認定のことでお話が」と言ってきたので「食堂へ連れて行ってから下りてきます」と言って食堂へ。

エプロンをさせて待たせていると、すぐに食事が運ばれて来た。ちゃんぽんだった。お汁を飲みたいようだったが、熱くて無理なようで、諦めて麺を食べ始めた。その後、一人で食べられるかと尋ねるとうなずいたので階下へ。

以前のように応接室で話す。案の定立ち会いの件は言ったと彼らは主張する。まず私に言ったとおっしゃるが私は聞いていない。そう言うと、次は「次女さんに言った」と言う。それで「彼女はそのような大事なことは、必ず連絡して来る。そんなことはあり得ない」と言い返す。そして「そちらにとっては、認定は日常茶飯事のことかも知れないけれど、私たちにとっては患者を何年かに一度、客観的に見ることが出来る大事な時なんです。その機会を与えてくださらなかったのですよ」ということを伝えた。前回もそうだったが往生際が悪い。個人の信用であると同時にこの組織の信用でもあることを強調したが、分かっているのかどうか。

役所に尋ねた件も持ち出して、世間の信頼について話をした。「4段階から5段階になった様子を説明してほしくありません。再調査をお願いしますから。その場合はそちらの信頼が下がりますよ。今のところ、こちらの施設の名前は出していませんが」と言うことも伝えた。

すると、先方は5段階になったことについて説明したいと言い始めた。「5分ごとにトイレに行きたいというから、連れて行かなければならない」と言う。そしてそれがいつもなのだとか。私は11時半頃から2時頃まで居るけれど、その間二度くらいトイレに連れて行くだけですけど、と言うと、いない時は5分ごとだと主張する。それで「そんなにしょっちゅう連れて行ってくださっているのなら、夜にしてもらったオシメを履いたまま、昼過ぎまでそのままの状態でいることは考えられないのではないですか？　母一人が患者ではないし、ヘルパーさんだってお忙しいことは十分分かっていますが、ひどくはありませんか？」と私も言い返してしまった。

それから8月に帰宅云々と言われたので、その計画も分かりませんと言う。そして妹のこともあるので、家に近い施設へ移りたいと言うと、同じ施設への診断書は、たとえ短期でも書けないと言われた。

そして近くに出来た老人ホーム的な施設への入所を勧められた。確かに自宅には近いけれど、リハビリが出来ないなら意味がないなと思う。すると「5段階になったので、沢山点数がありますので、それで個人的にリハビリが出来るようにケアマネージャーさんが組んでくれはります」とのこと。けれども「点数なんて、どうでもいいんです。施設の問題です」と言った。紹介状を書いてもらえないなら、新しくできた施設への入所は無理だなと思う。最終的に、老人ホーム的なところを帰りに見せてもらうことになってしまった。

それから部屋へ行き、母と一緒にコーヒーを買ってから、部屋へ戻っておやつを食べる。その後は外へ出ていつものコースを回って、トイレを済ませて部屋へ。ベッドに座らせて、湿布をし、その後、また横にならせる。すでに2時を過ぎていたので、急いでシャトルへ。

到着後、次にお世話になろうと考えている介護老人保健施設のIへ。事情を話したら、そんなことはあり得ないと言うことである。彼らも驚いていたが、私もとても驚いた。けれども、診断書がなければどうしようもないとおっしゃる。確かにそうだと思う。

その後、見に行くように言われたグループ施設の老人ホームへ。確かに広いけれど、あの部屋に母を一人では置いておけないと思う。新しいから気持ちはいいけれど、無理のような気がする。対応してくださったケアマネージャーさんに、診断書の件や、オシメの件、認定のことなどを話す。グループとはいえ、しっかりと中立の立場で話を聞いてアドバイスをくださったので嬉しかった。

4月25日（金）

朝から市役所の高齢支援課に電話。事情を話すとI施設の方たちがおっしゃることと同じ回答だった。診断書を書くということは入所者さんの情報を伝えることとなので、それをしないことはおかしいとのこと。「施設名や担当者の名前を教えてほしい」と言われ、さらには行政指導云々ともおっしゃったので「人質がいるのと同じですから言えません。もう一度お願いしてもダメなら全てお話しします」と答えて電話を終える。そしていつものシャトルで母の元へ。

到着して玄関からカウンター越しに事務所を見るとMさんがコピーをしておられたので呼んでもらう。そして出て来られたので「先日教えて頂いた施設に行って来ましたので、それについてお話が」と言ったら応接室に通された。

そこで、教えられた施設へ行ってケアマネさんが丁寧に説明と案内をしてくださったこと、施設は道路沿いにあるけれど、とても静かであったことなどを話す。ただ、その施設からリハビリに重きを置きたいと思う患者さんは別のIという施設へ行っておられること、リハビリに重きを置きたいのならIのほうがいいのではないかと言われたことなどについても話す。それで診断書についても「『書かないようにしている』ということはおかしい」と言われたことを伝える。そしてIのほうも見学し、診断書について話したら「うちではちゃんと診断書を書きますよ。当然です」と言われたことも伝える。

すると、Mさんは「榎並さんのリハビリは……」と話し出されたので「今はリハビリの話をしているのではありません。診断書を書いていただけるのか、そうでないのかをお尋ねしているのです。市役所にも尋ねたところ『行政指導』という言葉も出てきました。診断書を書かないようにしておられるようですが、書いてくださるのですか、くださらないのですか?」と詰め寄った。すると、「相談します。いつ頃迄おられますか?」と聞かれたので、思わず「1時過ぎです」と普段帰る時間よりも1時間早い時間を言ってしまった。

それから部屋へ寄って食堂へ。食べている途中にMさんが来られて「診断書を書くから書類を持って来るように」と伝えてくださった。それで「お忙しいことは良く分かっておりますが、それに連休もあることですし。けれどもなるべく早くお願いしたいと思っております」と伝えた。

食後は自販機の横に母を待たせて部屋へ戻り、申込書を提出。それから缶コーヒーを買って母と一緒に外へ。今日は風もなく暖かかったので、南側のベンチに座る。母といろんな話をしながら、コーヒー、チーズケーキ、プリンを完食。嬉しかった。その後いつものコースを回って戻り、歯みがき、トイレを済ませて部屋へ。

ベッドに座らせて着替えさせ、湿布を張り替えて、テレビを見ている母の顔に化粧水等を塗る。そうこうしている間に2時になったので部屋を出る。

5月3日（土）

いつもと同じシャトルで母の元へ。祝日の割には空いていた。施設に着いて玄関に入ったら、Mさんが出て来られたが、入所者さんと話していらしたからかどうか、私には見向きもされなかった。エレベーター前には母がいなかったので、そのまま部屋へ。ホールの所でHさんに会ったので、「ちょっとお伺いしますけれど、この施設は報道が入ったことがありますか?」と尋ねてみた。「報道て?」「実は、私はある新聞社に原稿を書いたりしていまして、夫も報道関係なので報道出来たらと思って」と言った。そして「特にケアマネさんには随分お世話になっていますから、是非取材を受けて頂きたいですわ」と言ったら「顔が広いんですね」と言う。それで彼女の顔を見たら、疲れた表情だったが笑っていた。部屋に入って荷物等を置き、新しい佃煮を持って食堂へ。

エプロンをしようと思ったがエプロンがない。尋ねたがないとのことなので、車椅子に入れてあるエプロンを使う。食事の時に大の第二子が昨晩生まれたことを伝えると、「奈美ちゃん、お腹、軽なったやろ」と言っていた。そして女の子だったことも言うが、これに関しては、特に何も言わなかった。

食後は自販機でコーヒーを買って外へ。いつもの場所で大阪を見下ろすが、曇っていてあまりはっきり見えなかった。そこに車椅子を停めてコーヒーと、友人の津子からもらったゴディバのクッキーをゆっくり食べる。風が少し出て来たので戻り、歯磨き、トイレを済ませて部屋へ。

玄関へ向かおうとエレベーターの前まで来るとMさんがいらしたので「失礼します」と挨拶したらナント、「書類は連休明けにお渡し出来そうですから」とおっしゃる。確か昨日、少し時間がかかるとかおっしゃっていたのに、どういうことなのか。私の顔を覗き込むような感じで見ていた。ちゃんとしたことをしていなかったら、ビクビクすることになるんだと思う。連休明けとは、いつなのか?

5月8日(木)

午前の授業が終わって、学生たちのノートのことが気になりながらも地下鉄に乗る。伊勢丹でわらび餅を買って特急に飛び乗る。そしていつもの時間に母の元へ。

玄関に入ってすぐに受付で診断書のことを尋ねると、男性の方が対応してくださった。それをもらってすぐに部屋へ。部屋へ行くと母はテレビを見ていたので、布団をめくって、「はい、Ｇｅｔ　ｕｐ」と言って起こす。ベッドに座ったままにするかと尋ねると、車椅子に座ると言う。そして買って来たわらび餅を出すと、最初は食べにくそうにしていたが、徐々にスムーズに食べてくれた。

その間私は、昨日のお風呂の着替えなどの洗濯物を持って帰ろうと袋に入れて準備をしていた。そしてわらび餅を食べている母を見ると、驚いたことに、殆ど全部食べてくれた。途中で何度も、「外へ行きたい」と言ったが、「食べてから」と言って食べさせた。その後、外へ。いつもの場所迄行く。風が少々あったが、そんなに寒くはなかった。けれども少し居ると、「寒い」が出たので戻ることにした。

トイレへ連れて行ってから部屋へ。そして湿布を腰に貼ってから横にならせる。私はわらび餅に使ったフォークを洗ったり、ゴミを捨てたりの後始末をして病院を出る。

帰る時に診断書を見たらＩ施設でもらった用紙ではなかったので、気になったので立ち寄った。またその前に薬局に寄って母に処方されていた「ファモチジンＤ（10）」について確認する。この薬は「胃酸の分泌を抑えて、胃や十二指腸の潰瘍や食道炎、胃炎などの症状を改善する薬」なのだとか。それを聞いて、安心してＩへ行ったが、担当者がなかなか来なくてイライラした。

担当者を待つ間あちこち見ていたら、「ノロウイルスが発生したから、面会はできない」という張り紙がしてあった。この施設大丈夫か？　と、少し心配になった。ようやく担当者が来られて、用紙のことを伝えたら「これでいい」とのことだったので、そのまま渡しておいた。明日、母の元へ行く前に、残りの２枚を渡せば申し込み手続きが完了する。とにかく早くこちらに移りたい。

5月11日（日）

今日は母の日なので少し早めに家を出て、ノンアルコールのビールと焼きそばを準備する。たまたま隣に花屋さんがあったので、綺麗なアレンジメントも購入。そしてシャトルの乗り場へ。

母の部屋へ行き、洗濯物や花を置いてから食堂へ。食後は部屋に戻って、紙コップ、ビールを入れた袋等を持って外へ。いつもの場所へ行ってビールを開け紙コップに注ぐ。暫く泡を見ていたが、やがてゆっくり飲んで「久し振りやから美味しいわ」と言う。焼きそばも少しずつだけど食べてくれた。

部屋へ戻り、歯磨き、トイレを済ませてからベッドへ。シーツの汚れを取ったり、持って帰る洗濯物などの後片付けたりしてから部屋を出た。

5月13日（火）

いつものシャトルで母の施設へ行くと、玄関にI施設の担当者がいらしたのでびっくり。判定会議の連絡がないので、まだだと思っていたら、もう終わったので母に会いに来てくださったとか。

食堂にいると伝えると、一緒に行ってくださると言う。一緒に食堂へ行って、母に会ってもらう。施設のSさんが「顔を見に来ました」とおっしゃったら、母は「別嬪やろ」と言って笑わせていた。特に何かを尋ねられる訳でもなく、ただそれだけだった。食堂を出ると「いつでも都合のいい時に替わってください。迎えに来ますから」と言ってくださった。「母は縁起を担ぐ人なので、良い日を選んで、今日明日中に連絡します」と言って二人は下へ降りられた。

食事が終わるといつもと同じように外へ。日差しが強かったが、温かいコーヒーと丸福のプリンを食べる。そのうちにトイレに行きたいというので、歯磨きをして部屋へ。湿布をしてから横にならせ、目薬をしていたらテレビに釘付け。

片付けをして、退所の日を調べる。18日は大安だけど日曜日なので迎えに来てもらうのにどうかと思う。第二候補は先負の16日金曜日。帰りにIに寄って担当の方に都合を尋ねると、案の定日曜日は休みだそう。ということで移るのは金曜日の午後に決まった。

コラム③　自分たちで毎日出来ることの何がリハビリになる?

今、ある日突然身体機能が損なわれ、日常生活が送れなくなる人が少なくありません。そこで、少しでも身体機能の回復につながるような日常のトレーニングについて紹介していきます。

リハビリは基本的にその人が「何が出来ないか」「どこが動かせないのか」という障害に合わせて行います。それでも、一般的に出来ることも少なくありません。

母の場合は半身に麻痺が残ってしまったので、麻痺したほうの機能回復を目指してさまざまなリハビリを行いました。私が見聞きした限りですが、具体的にどのようなリハビリを行っていたのかをご紹介します。

- 口腔の機能を保つために、入所者さん同士が向き合い「あえいうえおあお」と大きな声で発声練習していました。母は最初恥ずかしがって大きな声を出してくれませんでしたが、すぐに慣れてくれました。ただ、あまり長時間練習させると不貞腐れてボイコットしていました。
- 手の大きさにもよりますが、母の場合は殻のついた胡桃を2個握って、それをゴロゴロさせたり、少し硬めのスポンジのおもちゃを握らせたり、放したりを繰り返したりしていました。
- 足は、付け根から下をそっと持ってゆっくり曲げたり伸ばしたりしていました。足首はそっと回してあげていました。

・天気の良い日はなるべく外へ連れ出す。
・事前に病院や施設などに相談する必要がありますが、好物を持って行って、食に対して興味を持たせる。
・その時期に合った童謡などを楽器で演奏して、季節感を持たせる。

といったことを行っていました。一般的には次のような動作を心がけることが、機能回復につながると考えられています。

・ものをつまむ、つかむ、移動するなど手や指を使った動作を行う
・関節が固くなってしまわないように、ストレッチやマッサージを行う
・寝返り、座る、立つといった基本動作の練習

体のどこかに麻痺が残る等、不自由な部分があると、どうしてもその部分を動かさないようにしてしまいがちです。しかし、だからといってずっと動かさずにいると、さらに動かすことが難しくなってしまいます。

大変なことは承知のうえで、時間をかけてゆっくりと、根気強く、できることを一つずつ増やしていくことが大切なのです。

第4部

介護老人保健施設Ｉでの穏やかな日々
自宅に近い施設で機能回復を目指す

5月16日（金）

朝6時に起きて太郎に朝食を食べさせて、トレーナーさんにカギを預けて送り出す。その後墓参りをして、食事を済ませてから次にお世話になる施設のＩへ。挨拶をしてから母のもとへ。

ロッカーの中のものをビニール袋に詰め込んでいると、Ｍさんがやって来て入所中のリハビリや食事、生活についての事項を読んでサインをしてほしいという。所々、疑問点があったし、時間に追われている時に持って来るのはいかがなものか、と腹が立つ。しかしある意味、それが狙いだったりして、とも思う。とにかくそれを切りぬけて、2階の食堂へ。

食事は半分くらい進んでいた。食事を終えてトイレへ行き、洗面所へ。終わってから、コップ等を持って部屋へ。母をベッドに寝かせておいて荷物を玄関迄運ぶ。

大きな荷物を3つ運んだ頃に、Iの担当者が来てくださった。母はIの車椅子に乗って玄関へ。スロープを降りたところにIの車が置いてあったので、それに乗る。荷物も全部運んで乗り込む。Mさんをはじめ施設のスタッフやヘルパーさんたちが形式的に見送ってくださった。

Iの玄関に着き、その後部屋へ。2階のホール横の南側の部屋で、廊下側である。入ってすぐにMさんがテレビを点けてくださった。鮮明に映る。暫く待つように言われて待つが、母は横になりたくて仕方がないようであった。それで待っていても誰も来ないので、母を横にならせる。

すると、ヘルパーの方が来られて、色んな質問を母や、私にされた。その後、看護師さんが来られて血圧等を計測、その後、おやつの時間だとかでトイレを済ませてホールへ。コーヒーとエクレアだった。母は「エクレアは久し振りや」と言って美味しそうに食べていたが、コーヒーはトロミが入っていたので「味は良いけど、ドロドロがダメだ」と言う。先ほどのヘルパーさんが来られたので、コーヒーは、自販機のコーヒーをそのまま飲んでいますから大丈夫ですと伝えると、「トロミはやめましょう」と言ってくださったので、「何方《どなた》かに使ってもらってください」と伝えた。その後、またトイレと言うので、今度はヘルパーさんに任せて私は部屋へ帰った。

その後はまたテレビを見ていたので、私はキャビネットを整理したり、持って帰る物を紙袋に入れたりしていた。そんな時、リハビリの方が来られて、母を立たせたり等して、「しっかりしてるやんか」等と言ってくださった。また「なるべく自分で出来ることは自分でせなな」ともおっしゃったので、「そうなんです。少しでも、母が楽になるようにと思っているのですが」と私。母の様子を見て、週に4～5回はリハビリをと言ってくださったので嬉しかった。もう今日は限界だと思ったので帰ることにした。長い一日だった。

5月23日（金）

今日は太郎の訓練の時間に合わせて母の元へ。近くなってバスの時間なども気にしなくていいのがありがたい。施設に着いたら、昼食が終わって歯磨きをするところだった。それが終わって部屋へ。

おやつにシュークリームとコーヒーゼリーを持って行ったけれど、要らないと言われた。前の施設に忘れていたお菓子とコーヒーを飲みたいのだとか。2階のロビーの自販機には、ホットコーヒーはなかったけれど、缶コーヒーを飲みながらお菓子を食べてくれた。窓のカーテンを開けると、西の空が見え、飛行機が飛んでいた。「あの飛行機、関空へ行くなぁ」というので、「あっちの方やったら伊丹よ」と言うと、「せやなぁ、関空はこっちやな」と西南の方角を示した。そのようなことを話していたら「外の空気が吸いたくなったなぁ、連れて行ってくれるか」と言う。「良いけど、コーヒー全部飲んでしまい」と言うとうなずいて飲み始めた。飲み終えてトイレを済まして玄関へ。

施設を出て坂を上がり、市民病院の前を通って角を曲がって玄関に戻る。途中に餃子屋さんがあったので「餃子どう?」と言うと「ビールで食べたいな」と大きな声で言う。「そんな大きな声で言うたらアカンやろ」と言うと、もう一度大きな声で繰り返す。そして自分で笑っている。見慣れた街の風景に接して、少し余裕が出て来たのかなと思う。

6月6日(金)

太郎を訓練に送り出してから、冬物の洗濯などをした後、正午過ぎに母の施設へ。ホールへ行くと、いつもの通り母と他二人の女性の方だけが残っていた。残っているものを食べるように言うが、食べてくれなかった。

部屋に戻って春物の上着に着替えさせて、持ってきたチーズ、ゼリー、チョコ、そしてアンリ・シャルパンティエのフィナンシェなどを見せる。ゼリーとフィナンシェを食べると言うので食べさせる。その時に「朝は御飯? それともパン?」と尋ねると、「パン」と答えたので「食べてんの?」と尋ねると「食べなしゃぁないやろ」と、これまた不愉快そうに答える。少し可哀そうになった。

それから梅林のおばちゃんの話や、再来週に行く予定となっている講演のことについて話す。「何か欲しい物があるか?」と尋ねると「何が欲しいか、見てみな分かれへん」と言う。そう言われればそうかもしれんと思ってそれ以上何も言わなかった。食べ終わってからベッドへ。サロンパスを貼るように言われたので貼ってから横にならせる。

6月13日(金)

朝、庭の草抜きをしてから母の元へ。ちょうど、昼食の最中だった。というより、大部分の方は終わっていたが、母はまだ最中であった。すると栄養士さんと思われる方から「少しお話、よろしいですか」と言われた。

話は「母があまり食べないので母の食事の好みを知りたい」ということや、「差し入れで持って来た物を食べたらナースステーションに知らせるように」ということだった。母の好みは、とにかく贅沢で好き嫌いが多く、ビールと一緒にゆっくりと食べるのが好きだったので、食事に時間がかかりますと伝えた。

食後は、歯磨き、トイレを済ませてからおやつ。財布を忘れたので、持ってきたヤクルトで煎餅や和菓子を食べる。食べながら、先日名古屋で結婚式を挙げた卒業生の親から、見たこともないお酒が送られて来たことを話す。母は仏様に供えるようにと言うので、すぐに供えたと言うと安心したようだった。外を見ながら、おやつを食べ、話をしていたら、やはり外へ行きたいと言う。細かい雨が降っていたので玄関まで。すぐに部屋へ戻ってベッドメイキングなどをした後、いつもの通りテレビ。

6月27日（木）

昼食事に母の元へ。行った時にはすでにゼリーを食べ始めていたので、もっと他の物を食べてからゼリーを食べるようにと言う。すると車椅子の手摺りを右手で叩いて怒っていた。

今日は曇っていたが、トイレや歯磨きなどを済ませて、いつものように外へ。車からサンバイザーを出して母に被せ、いつものように住宅街を散歩する。時々、右手を上に上げてご機嫌だった。その後、2階の談話コーナーで、コーヒーと、サブレ、和菓子などを食べてから、トイレを済ませて部屋へ。

昨日はお風呂だったので化粧水などを塗る。サロンパスも貼って、また明日来るからと伝えて帰宅。

7月8日（火）

朝から体が重く感じて動きが鈍い。母の施設に着いたのはすでに正午前で、相変わらず残って食べていた。すでにデザートのコーヒーゼリーを食べていたけれど、残さず食べるように言う。食べるように言うと、食べるのである。

トイレ、歯磨きを終えて外へ。湿度が高いし、日照りも強く、母に日傘、私はサンバイザーと日焼け止めの腕カバーをして住宅街を回る。帰りにウエットティッシュとエプロンを買ってから施設へ戻る。

それから談話コーナーで丸福のコーヒーと生八つ橋を食べる。その時に母は、「あんたのパンツ、はち切れそうやなぁ」と、母の二倍ほどもある私の足を見て笑う。放っといて！という感じである。それから、コーヒーを飲むが、もうないのに、まだゴリゴリという音を出してストローで吸っていた。それを見て、お祖母ちゃんがよく言っていた「食べさせてないようなことをして。また買うたるから」と言うと笑っていた。

7月18日（金）

昼食の最中に行くが、母の傍へは行かずに母の様子を遠くから暫く見ていた。しかし食べたくなさそうな様子だったので、傍に行って食べるように言う。

食後はトイレへ。部屋へ行って着替えさせたり、髪を梳かし、化粧水等を塗ってから、歯磨きをして玄関へ。湿度が高くて暑いので玄関にいると言うかなと思ったが、外へ行くと言う。車から日傘やサンバイザー等を出していつものコースを回る。今日は、地域の稲荷神社の夏祭りなので、そちらの方を回って帰る。

その後、談話コーナーでコーヒーを飲みながら、抹茶チョコサンドサブレなどを食べて部屋へ。「明日、また来るわ」と言って帰る。

7月27日（日）

昨日から大たち家族が来ていたので、皆で一緒に母の元へ。昼食はボチボチではあるが、食べていた。食事中に咲ちゃんが傍に来たので、大たちが来ているのが分かったのだろう。それからはいくら言っても食べなかった。

その後歯磨きをして部屋へ。それから皆で外に出て、大阪大将に行く。店に近付いた時に、高校生か大学生くらいの男子学生二人が店に入って行くのが見えた。そのすぐ後に私たちが入ると、ちょうど彼らが奥のテーブル席に座ったところだった。それでお店の人が彼らにカウンター席へ移ってくれるかと尋ねると、快く替わってくれたので嬉しかった。

母は食事を終えたばかりだったので、そんなに食べないのは分かっていたけれど、餃子と生ビールを注文。大たちはセットを頼んでいた。席を譲ってくれた彼らが食事を終えた頃に、レジ迄行って彼らの料金も払うことを伝えて支払った。席を替わってくれた学生は、嬉しそうな顔で御礼に来てくれた。いやいや、こちらも嬉しかったから。

母は、生ビール小を少しと餃子を２個食べてくれた。でも皆が食べ終えた頃にトイレに行きたいと言い出したので、慌てて施設へ戻った。トイレを済ませた母は、部屋に帰るとすぐにベッドに横になり、テレビを見始めた。大にお小遣いを渡したら、皆で帰って行った。

7月29日（火）

朝から散水等をして、塀の工事の職人さんに後を頼んで母の施設へ。食事を終えて部屋へ行ってから、持って来たゴディバのコーヒーと抹茶チョコのサブレを食べる。

食べている途中で「外へ連れて行って」と言うので、「それを全て飲み終え、食べ終えてから」というと、文句を言わずに食べ終えた。私はその間、目薬を注《さ》したり、化粧水等を塗ったり、髪をブラッシングしたり等々。母が全てを終えてから歯磨きをする。それから玄関へ。

外へ出ると少し風があったが、それでもかなり暑い。車から日傘、サンバイザー、腕カバーを出し、熱射病予防のスプレーを振る。そしてまず住宅街に向かって歩き、その後、東のドラッグストアに向かって歩く。そしてそこで、お茶などを買って施設へ戻る。「暑いね」と言っても、母は涼しい顔。2階へ上がって行くと、いつも目にしていた電子ピアノが目についたので、母に「歌を歌う?」と言って西側のドアを開けてもらって入る。

初めて電子ピアノを弾く。「夏はきぬ」や「金魚」を弾いていると、何人かの患者さんやヘルパーさんが集まって来られた。まずいと思ったけれど、母が以前の施設で大きな声で歌ったように歌ってくれれば、口腔のリハビリになると思ったが、今日はあまり歌ってくれなかった。

ヘルパーさんのひとりは「ピアノも弾きゃはんねんね」とおっしゃると、母は「この子は3歳の時からピアノしてるねん」とその方に話す。「ピアノと英語は母に手ほどきしてもらったんですよ」と私。「へぇ~、榎並さん、教育ママやってんなぁ」ともう一人の方。「そうですよ。昔は鬼みたいに怖い母でした」と私。「こうして弾いてもらって、周りに皆座って歌ったら楽しいのになぁ」とヘルパーさん。そうおっしゃったので、昔特別養護老人ホームへボランティアで楽器指導をしていたことを話した。色々話していると、母が「腰が痛い」と言い出したのでトイレに連れて行ってからベッドへ。

8月14日（木）

朝からお寺さん。その後、太郎をシャンプーしてから母の施設へ。少し遅くなったので、もう終わっているかと思ったが食事のトレイは置いたまま。見ると、御飯がほとんど食べていない。それらを食べるように母に言い、ヘルパーさんには佃煮を出してもらうようにお願いする。

いつも話し掛けてくださる方が、「やっぱり来ぇへんと、食べへんで」とおっしゃる。今日、ホールには、電子ピアノが置かれていた。先日職員の方に口腔のリハビリ云々と言ったので、置いてくださったのだと思う。

その後、歯磨き、トイレを済ませて部屋へ。あるヘルパーさんが「ピアノがあるからまた歌ってや」と母に声をかけてくださったのだが、「私は、歌知らん。歌われへん」と言う。部屋に戻って丸福コーヒーとペニンシュラのチョコ2個を食べてから外へ。

いつもと同じように住宅街をぐるっと回る。最初はそうでもなかったけれど、だんだん暑くなってきた。施設の中に入ったら涼しいこと。2階の談話室へ行くと、またコーヒーを飲むと言う。私も炭酸飲料を飲む。

トイレを済ませた後、口腔の発音練習をしてから童謡を2、3曲歌うと、またトイレと言い出したのでトイレに行き、その後部屋へ。横にならせるとテレビを見始めたので、「また明日来るから」と言って部屋を出る。

8月24日（日）

出掛ける準備をしていたら友人の細ちゃんから電話。少し喋っていたら遅くなってしまい、母の施設に着いたのは12時を過ぎていた。

2階へ行くと、母はすぐに気付いて私の方を見て手を上げた。私も手を上げて挨拶をして立ち止まっていたら、箸を持って食べ始めたので、まだ食べてると思い部屋へ行ってベッドの整理。食後は歯磨きをさせて、部屋へ。

部屋でコーヒーとアンリ・シャルパンティエのフィナンシェを食べ始めた。そして時々外を見ている。多分食べ終えたら外へ行きたいと言うのだろうと思っていたら、誰かが入って来た。そちらの方を見ると大たちであった。母もこれには驚いて振り向いていた。

少し話した後、皆で外へ。大が母の車椅子を押し、奈未ちゃんはバギーを押し、私は咲ちゃんの手を引いて、いつものコースを歩いた。施設の2階へ戻ったとたんに、大粒の雨が降り出した。母のトイレを済ませた後、グラビノーバで咲ちゃんも一緒に少し歌ってから部屋へ。昨日ちょうど外商の催しに行ったところで、その時に買った咲ちゃんと愛ちゃんのお菓子が家にあった。それで、母に「またね」と言った後家へ。1時間ほど家で過ごして彼らは帰宅。その間、地蔵さんへ連れて行ったり、外商の催しで買ったシュタイフのポシェットや明美の髪飾りの話をしたりして楽しかった。

9月2日（火）

朝からお寺さんをお迎えし、その後ゆっくり朝食を済ませて母の施設へ。デザートのゼリーを食べている時に「外へ連れてって」と言うので「ゼリーを全部食べ終えてから」と言って全て食べ終わらせる。その間に、いつも挨拶をしてくださる方に差しあげると約束していた私の本を渡す。

歯磨きをして部屋へ行き、コーヒーを半分、フィナンシェ1個を食べてから玄関へ。相変わらず暑いので、熱中症対策等をして出掛ける。今日は、電気屋さんへ行ったが閉まっていた。母はなぜか「インターフォン付け替えに来てて言うて」と言う。「分かった」とは言ったものの何のことやら……。

それから役所へ。住民票等の請求をしている時に大きな声で「トイレ」というので、待たせておいたら、「お願いやから」とまた大きな声で言う。申し込み書類を裏返してトイレへ。そして出て来て車椅子を停めた途端にまた「トイレ」と言う。「えぇ？　また？」と言うとうなずく。そしてまたトイレへ。二度目の方が沢山出ているような音だったので、連れて来てよかったと思う。日曜日は、ヘルパーさんに無視されていたけれど、と思うと、可哀そうな気がした。

施設へ戻り、いつも通り談話コーナーでブレイク。部屋へ戻って車椅子を停めている間、外から「今、帰ってきゃはったで」とか何とか声が聞こえる。母をベッドに座らせたら、先程本を渡した方が来られた。そして本のことや、私のことを尋ねられた。「分からへんかってん。娘さん偉い人やねんなぁ」とおっしゃる。「そんなことありません。普通です」と言うと母も横で笑っている。そこで少し話して部屋を出られた。

ナースステーションでおやつのメモを渡す時に「二度目のトイレのほうが沢山出るようなので、お忙しいでしょうが宜しく」と伝える。そして帰ろうとしたら、リハビリの方が来られたので、「スパルタでお願いします。痛がりの怖がりなので、早く家に帰りたかったらリハビリをするようにと言ってください」と伝える。「何せ、自分のレントゲン写真も見ることが出来ない人なんです。我が家のＤＮＡなんです。そうでなかったら、私は今頃医者になっています」と笑って話した。その後帰宅。

9月19日（金）

門の前で電柱の移動があり、気を遣いながら出掛ける。今日は涼しかったので、ライオンコーヒーを淹れて行った。食後の歯磨きをしてから部屋へ。コーヒーを飲むかと尋ねてもいらないというので、ブラッシング、化粧水等を塗り、目薬を注《さ》して、いざ出発。

玄関へ出るなり「あぁ〜、気持ちいいなぁ〜」と言う。久し振りに、母の爽やかな声を耳にした。それから、南側の住宅街を回る。その後、いつものように談話コーナーでコーヒーを飲む。今日のおやつは梅林のおばちゃんからもらった抹茶チョコサンドクッキー。しかしいつもなら2枚は食べるのに、今日は1枚だけだった。一方でトイレの回数は多い。

トイレで母の体が随分熱かったので、ヘルパーさんに熱があるかも知れないことを伝える。数日前から表情が良くなかったので、気にはしていたし、体温も高いのではと思っていたので、診てもらったほうが良いと思い、伝えた。その結果を、傍にいて知りたかったけれど、今日は太郎が訓練から帰って来るので、お願いだけして帰宅する。

10月3日（金）

正午より少し早めに着いたら、大福さんの娘さんが母に食べるように促してくれていた。部屋へ行って、ベッドの掃除をしたり、持って来た少しの洗い物やコットン等をチェストに置いて母の元へ。
相変わらずあまり食べず、歯磨きをして部屋へ。その後、ブラッシング、化粧水等を塗り、目薬。そして外へ。

日差しが強いので、日傘をさすように言うが、要らないというので、なしで出発。今日は右左ではなく、銀行へ行きたかったので、迷わず左。そして銀行へ。それからぐるっと回ろうかとも思ったが、太郎が帰って来るので、早々に戻って2階の談話コーナーへ。

そこでコーヒーと、長崎に住む友人の節ちゃんが送ってくれた南蛮オルゴールのお菓子を食べる。しかしこれも1本しか食べないし、コーヒーもイヤイヤ。挙句の果てには腰が痛いから動かせとか、トイレとか……こちらも嫌になってしまう。それで、ついつい母に「何も食べない。リハビリもしないでは困る。痛くても頑張ってくれないと。何のために明美も私も頑張っているのか。明美だって遠い所から来てくれているし、私だって頑張っているのに……。この状態で続けるのなら、もう来ないよ」と言う。母は車椅子の肘を叩いて怒っていたけれど、あの状態で何もしないでいると、認知症になると思うから。

それでも「腰が痛い、動かせ」があって、車椅子を動かし、トイレに連れて行ってから部屋へ。ベッドに横にならせたら、腹が立っているのか、外を向いてしまったが、すぐに向き直ってテレビ。私は、メモを書き、荷物を整理して、帰ることを母に伝えると、「おおきに」と言う。

10月19日（日）

昨日はさこちゃんが行ってくれたので、疲れた体が少し楽になったけれど、母の好きなコーヒーを忘れてしまった。残念！

2階へ行くと昼食が始まったばかりのようだった。それで、先に部屋へ行ってTシャツを一部入れ替えし、ベッドの汚れを取っていると、リハビリの方が来られた。母はきちんとリハビリが出来ていないようで、困っておられるようだった。痛いので、逃げてばかりいるのだと思う。それで「我が家は痛がりのDNAですので仕方がありません。しかし本人は家に帰りたいと思っているはずなので『家に帰りたいなら、リハビリをするように』と言ってください」と伝える。それを聞いて「そうします」と言ってくださった。

食後の歯磨きを済ませ、ブラッシングをして化粧水をつけ、目薬等も済ませる。身だしなみを整えてから外へ。今日は、寒くもなく、少し暑いくらいだったので連れて行っても大丈夫と思った。

玄関を出て北を向いて歩き始めてから「どっちへ行く?」と尋ねると右手を出すので右方向へ。坂を上って「どっち?」と尋ねると「まっすぐ」というので、真っ直ぐに行く。踏切があったので、Uターンして帰るというかなと思ったけれど、「そのまま」と言うので、そのまま真っ直ぐに踏切を横断。それからまだ真っ直ぐに行って、とうとう北の商店街の端まで行った。さすがに「もう帰ろ」と手を後ろに向けたので、ようやく帰途につく。

施設に戻っていつもの通りに談話コーナーでおやつ。缶コーヒーとゴディバのチョコビスケットを2枚食べてくれた。途中で男性のヘルパーさんが声を掛けてくださったので、彼にも1枚勧めた。「ゴディバて高いのんでしょ」とおっしゃるので「高かっても、美味しかったらいいでしょ」と私。やがて「腰が痛い」を連発するので早く飲むように言って部屋へ。横になるなりゴルフの番組を見る。

11月7日（金）

水曜日に筒井さんから電話があって、母のパーマのことを気にしてくださっていた。それで、急遽福祉タクシーに来てもらって筒井さんの店へ行くことにした。

私は母の施設に8時過ぎに着いたが、まだ朝食の最中だった。食事を終えて玄関へ出ると、福祉タクシーが待ってくださっていた。筒井さんの店に着いたのは9時頃で、いちばん奥のシャンプーの椅子に腰かけて始める。

途中一度トイレに行っただけで、最後のほうには「腰が痛い」を何度か連発したものの、なんとか終了。終わってから「榎並さん、綺麗になったやん」と言われたら「もともとや」と言って笑わせていた。

施設の昼食を頼んでなかったので、駅の近くで降ろしてもらって店へ。定食を一人前だけ注文し、追加で生ビールの小も頼んだ。定食は味噌汁とうどんが選べるらしく、母に聞いたらうどんが食べたいとのこと。お造りや出汁巻き卵、天ぷら、うどんなどけっこうな量を食べてくれた。ビールもほとんど飲んでくれたので嬉しかった。

施設に戻ったらみんなに「綺麗になった」と冷やかされ、そのたびに「もとからや」と言って笑わせていた。トイレを済ませてベッドへ連れて行き、ソックスを穿き替えさせてから横にならせる。それから、母に挨拶して帰宅。

11月16日（日）

昨日から大たちが来てくれていたので一緒に母の施設へ。少し遅かったので昼食は終わっていたが部屋にもいない。待っているとヘルパーさんがトイレだと教えてくださったので、部屋でベッドの掃除をしながら待つ。
すぐに戻って来て、咲ちゃんを見るなり手を上げてくれた。皆で談話室へ行こうと部屋を出たら、津子も来てくれたので一緒に缶コーヒーを飲む。ママさんは御機嫌で、大が買って来てくれたマフィンとゴディバのコーヒーを飲んでいた。やがて外へ連れて行けと言い出したので、「全部飲んでから」と言って、全部飲ませた。その間に津子が咲ちゃんの七五三のお祝いをくれた。

津子は帰り、私たちは商店街を散歩。母は大に車椅子を押してもらって、いつものコースを散歩。帰りに、回転焼きを買って父に供えてやってと言うので二つ購入。それから来た道を戻って施設へ。大たちが帰るのを見送りに外へ出ている間に、母は珍しくカラオケの会場へ行ったらしい。私はヘルパーさんに渡す、おやつに食べたものなどのメモを書いてから、母に挨拶をして帰宅。

11月23日（日）
昨日、母の施設から「爪を切っていてケガをさせてしまった」という電話があったので、気になりながらもいつもの時間に施設へ。Sさんと会うとケガの件でお詫びをされたものの、怒りをあらわにすることも出来ず……。昨日と同様「ご連絡を頂きまして…。」としか言いようがなかった。

二人で食堂へ行くと、母はすぐに私の方に気づいて手を上げてくれた。Sさんが母に「手を見せて」とおっしゃり、「痛ないの、ゴメンね」と。母は「痛くない」と言っていたけれど、本当かどうか分からない。痛がりなくせに、他人に気を遣うから。これも我が家のDNAである。

食事が終わるまで母の隣にいて、歯磨き、トイレを済ませる。その後、部屋へ行って身支度を整えてから外出。日差しは暖かいが、少し風があるからか「寒い」というので、来ていたコートを脱いで母に着せる。それからいつものように商店街へ。一旦北の端まで行って東へ曲がり、牛乳屋さんから右に曲がって従兄弟の敏ちゃんの家まで行き、それからまた商店街に戻る。

散歩を終えて施設へ戻ると、談話室でコーヒー、マフィン等を食べる。辻利のコロンも美味しいと言ってくれたので嬉しかった。トイレへ連れて行き、その後部屋へ。横にならせて部屋を出る。出る前に「しっかりとご飯を食べなかったり、リハビリをしなかったら、ママさんや家を放ってイギリスかカナダに行ってしまうよ」と声をかけたが、効果があるのだろうか？

12月2日（火）

良い天気だったけれど、風が冷たくて寒い。朝からお寺さん、墓参りを済ませてから母の施設へ。相変わらず昼食を食べていなかったので千枚漬けを小さく切った物を食べさせる。美味しいと言ってくれたが、２切れほど食べただけ。

洗面所は混んでいたので、先にトイレを済ませてから部屋へ。ブラッシング等をしてから玄関へ。寒くても外へ出たいらしいので、白いケープの上に私のマフラーをさせ、明美が作ってくれた膝掛けをさせて外へ。

坂を上がると右へ行くように言う。小谷の材木屋を西へ降りると寿司店尚ちゃんが目に着いたので「お寿司食べる?」と尋ねると「あんた食べたかったら行こか。そうや、私、ビール飲むわ」と言う。「ホント?」と思ったけれど、それならと思って、車椅子を持ち上げて段差を越えた。入口が狭くて車椅子が入れなかったら、奥さんが戸を外してくださった。

なんとか店に入ってお寿司とビールを注文。生ビールを飲みながら、私のお寿司の鰻、マグロを食べた。その後また一品の品書きを読んでいたので、「何か食べたい物がある?」と言うと、「鯖の生酢」というのでそれを注文する。鯖は、ほとんど食べてくれたので嬉しかった。母はマグロが好きだという話をしたら、御主人が小さく切ったマグロを特別に出してくださった。支払いの時にもわざわざ出て来て、「おばちゃん、また来てや」と手を握って言ってくださった。母は「うん、しょっちゅうよう来んけど、また来さしてもらうわ」と言う。店を出て少ししたら「寒い！」と叫ぶので、走って部屋へ戻った。

12月16日（火）

冷たい雨が降るなかトボトボと母の施設へ。銀行へ寄ったので少し遅くなった。2階へ行ったらすでに食事を終えていて、トイレへ行きたいと言う。トイレを済ませてから部屋へ。

ブラッシングして化粧水、目薬などを注していると、母は外へ行きたいのか、「雨が降ってるの？」としきりに尋ねる。カーテンを開けると、ベランダに大粒の雨が降っているのを見て、今日は散歩が出来ないと納得してくれた。暖かい格好をして玄関まで連れていったが、扉が開いて外に出た途端に「寒い」と言うのですぐに引き返す。

今日は「寒いから部屋でコーヒーを飲む」と言うので部屋へ。コーヒー、チョコレート、ミルフィーユ、マロングラッセ等、大が持って来てくれたお菓子だと言うと全部食べてくれた。それからトイレを済ませ、横にさせる。

昼食はあまり食べなかったけれど、おやつはたくさん食べてくれたことに安心する。しかし、夜に明美からの電話で「お菓子を持って来ると分かっているから、昼食を食べないことも考えられるよ。お菓子を持って行くのも考え物や」と言われてしまった。そう言われてみればそうかなとも思う。どうしたものか？

12月23日（火）

今日は朝から奈良に住む父方の従兄弟である隆ちゃんの家へお参りに行ってから、母の施設へ。途中でフィナンシェを買ったりしていたら、いつもの時間になってしまった。

2階へ行き、きちんと食べたかどうかを確認し、歯磨き、トイレを済ませて部屋へ。目薬や化粧水等を付けてから外へ。暖かくして来たけれど、玄関へ出るなり「寒いな」と言うので、ファーのイヤーパッドをさせる。商店街の端まで来たら「寒いから、何処かへ入ろか」と言うので喫茶店に入ってコーヒーを飲む。

部屋に戻って、買って来たフィナンシェを1個食べ、その後、隆ちゃん宅でもらって来たお菓子（アンテノールのラングドシャショコラ）を食べた。珍しいことに「コーヒーは要らない」と言って、ひたすらフィナンシェとラングドシャを食べていた。食べている時に「この頃、食欲がちょっと出て来たように思うねん」と言うので、嬉しかった。

◎2015年1月2日(金)

10時過ぎに大から連絡があって家に来てくれると言うが、それでは母の昼食に間に合いそうにないので、私は歩いて先に行くと折り返しメールをして母の施設へ。

2階で母の食事の様子を見守っていると大たちが来てくれた。混雑で遅くなると思っていたので、意外に早い登場に驚いた。母は自分の食事より、気持ちは大たちのほうに行っているようで、「腰が痛い」と言い出す。大体、これが出たら「やめたい」のサインなのである。

歯磨き、トイレを済ませて部屋へ。母はそれぞれにお年玉を渡し、完全防寒をした後で玄関へ。昨晩から雪が降っていたので寒く、風も強いからやめると言うかなと思ったけれど言わなかった。咲ちゃんがラーメンを食べたいと言ったのだが、中華の店はお休み。近くのレストランへ。サンドウィッチやパスタなどを注文する。他の店が休みなので混雑していた。

母は咲ちゃんのサンドウィッチを食べたり、私のコーヒーを飲んだりしていた。母は、湯葉キノコパスタを注文したのに、湯葉は全く食べず、キノコも食べず、ひたすらパスタを食べていた。

店を出てスーパーで咲ちゃんのお菓子などを買い、施設へ戻る。トイレを済ませ、部屋に戻って横にならせる。そして私たちは退散。

1月9日（金）

朝から母のコーヒーを淹れ、マールブランシェのお菓子も準備して母の施設へ。玄関へ入ろうとするが自動扉が開かない。故障かと思ったらインターホンを押すようにと書いてあった。それで押すとようやく扉が開いた。中に入ると、事務の女性が二人やって来て「インフルエンザが……」と言う。「マスクをするのですか？」と聞くと、面会謝絶だと言う。

そう言えば、母が入所する前、申し込みをしに来た時も、ノロウイルスで面会出来ないと書いてあったことを思い出した。取り敢えずコーヒーを飲ませてやって欲しいと言って魔法瓶を預け、洗濯物があるなら持って帰ると言ったら、確認してくださった。いつ頃までこの状態が続くのかと尋ねるが、分からないと言う。1階の方が患者さんらしい。仕方がないので帰宅。そして明美に連絡する。

2月2日（月）

朝10時頃に母の施設から電話。今日からやっと面会が出来ると言う。早速準備をしていつも通りに、いつもの時間に行く。

食事が来ていなかったので部屋へ行って片付け。洗濯物はそのまま床に置かれていて、引出しの中も衣類等がゆがんだまま、ベッドも髪などが付いている。約１カ月ずっとこのような調子だったのだと思うと、がっかりだった。確かに人数も多いけれど……。

食事を終えた母は「外へ連れて行って」と言うが、外は寒いので歯磨きやトイレを済ませて部屋へ戻る。化粧水等を終えてから「コーヒーを飲みたい」というので、持って来たライオンコーヒーを渡す。それと大が持って来てくれたベイクドチーズケーキを出すと、「美味しい」と何度も言って食べていた。バギのワッフェルの缶を開けると、これまた「美味しい」と言ってどんどん食べてくれた。

その後、廊下を少し散歩してグラビノーバを弾く。前に座ると「蓋をしとかんと誰かが弾いてるで」と言う。私のグラビノーバだと思っているのだ。数曲弾いて終わる。その後、トイレへ連れて行ってから部屋へ。上着が汚れていたので着替えさせ、その後、横にならせる。矢張り、すぐにテレビ。私は、メモを書いて「また明日来るから」と母に伝える。相変わらず「気を付けて。帰りに焼きそば買って来て」と言う。

2月15日（日）

体調があまりよくなかった上にお墓参りをしていたので、いつもより少し遅かった。事務所で経費を払ってから2階へ行くと、母がこちらを見ていた。荷物を部屋に置いてから、母の食事を見守る。

食後は歯磨きとトイレ。ホールに近いトイレは、また早く出るように急かされると思って遠くのトイレへ。部屋に戻って化粧水等を塗る。その後、外に行きたいと言うので、完全防備で外へ。ふと、明美が補聴器の電池のことで連絡して来たことを思い出し、電気屋さんに行くのもいいかと思った。

補聴器の電池は充電式のものを買って帰る。外に行きたいと言うが、電気屋さんで話していると「寒いから帰ろ」と言う。誰のためにここまできているの！と言いたくなってしまう。

部屋に戻って、コーヒーを飲みながらプチフィナンシェやウイスキーボンボン、幸せサブレ等を食べる。今日は、持って来たコーヒーだけでは足りず、缶コーヒーを追加して飲んだ。

帰ってから補聴器のこととトイレの件で明美に電話。明美はいつも遠くのトイレを使っているとか。そして、大便の時は、リハビリパンツの両サイドを破って下ろすのだとか。そうすると汚さずに済むらしい。さすが、明美さん。

3月3日（火）

いつも通りの時間に2階ホールへ。ヘルパーさんに挨拶をして母の方を見ると、食べているようなのでそのまま部屋へ。荷物を置いてまた引き返し、壁際に座って様子を見る。

食後は歯磨きとトイレを済ませてから、母に「今日はお雛様だから『嬉しい雛祭り』を聴いて」と言ってグラビノーバの傍に座らせて聴いてもらった。その後一旦部屋へ戻り、化粧水等を塗って身だしなみを整えてから外へ。

冷たい風が吹いていたが「行く」と言うので商店街へ。しかし踏切の近くまで来たら「戻る」と言うので引き返す。部屋へ戻って、一緒にコーヒーを飲みながらおやつ。今日はバウムクーヘンと、キノコのチョコを食べてくれた。

その後トイレに連れて行き、母に「もう来年まで雛祭りはないから、もう1回だけ聴いて」と言って雛祭りを弾く。弾き終わって話をしていたら「歯の診察です」と言って歯の衛生士さんが来られた。「費用はどれだけ掛ってもいいですから、不愉快な思いをしないような歯にしてやってください」と伝えて、診察室に連れて行ってもらった。

3月20日（金）

昨日の酷い雨とはうって変って今日は良く晴れている。2階へ行くと、まだ箸を使っていたので荷物を部屋に置き、その後またホールへ。壁際の椅子に腰かけていたら、いつも話をする入所者さんが横に来られたので話す。

母は、私がいる時はあまりトイレとは言わないけれど、夜になると、可哀そうなくらいトイレ、トイレと言うらしい。「トイレさんや」とおっしゃる。「可哀そう」というのは、夜勤のヘルパーさんのことなのか、母のことなのか分からなかったけれど、迷惑を掛けているんだと思った。

食後は歯磨きを済ませて部屋へ。顔を拭き、化粧水等を塗り、トイレを済ませて外へ。少し風があったが、暖かかったのでいつものルートを行く。敏ちゃんの家辺りまで来たら、「寒なったな、帰ろか」と言う。言わなくても帰るわと思ったけれど、黙っていた。

部屋に戻ってからおやつ。今日は、茶の菓とゴーフルミニを食べた。この頃、どうしたわけかコーヒーはあまり飲まない。半分くらい飲んだら「もう、いいわ」と言う。その後、トイレを済ませてからベッドへ。シップ薬を貼ってから横にならせると、早速テレビ。

帰りにナースステーションでおやつのメモを渡したら、ヘルパーさんがそのメモを見て、「いつも美味しそうなん食べたはるな、と思てるんです」とおっしゃる。「美味しくないのを持ってきたら、『もうひとつや』と言われるから」と言ったら「グルメなんや」と言われた。「そんなことないけれど、そうそう、これ茶の菓です。有名なんですよ。食べてみてください」と言ってポケットに入れてあげた。

4月7日（火）

２階に着いたときには12時を過ぎていた。母の傍に行くと、あまり食べていなかったので、食べるように言う。食後は歯磨きを済ませて顔を拭うと、大きな声で「冷たい！」と叫ぶ。まるで私が虐待しているようである。「煩い！」と言ってもお構いなしである。

外に出ると風邪が冷たくて、帰ると言うかなと思ったけれど言わなかったので商店街へ。銀行へ入って外に出ると、やはり「寒いから帰る」と言った。

部屋に戻ったら斜め前の方が何かと話しかけてくれる。母は車椅子に乗ったまま、早くコーヒーを飲ませろと椅子の肘掛けをトントン叩く。しかしその方は、どんどん話される。どうしたらいいか分からなかった。でも母について、深夜のオムツ交換の時に「眠いのに交換をしてくれて、ごめんな」とヘルパーさんに言っていて、本当に思いやりのある人だと言ってくださった。確かに気を遣う人だから。このようなことを聞いて嬉しく思った。

その後、あまり母が煩いのでコーヒーを淹れて、ケーネヒス・クローネの焼き菓子、ホワイトチョコのラスク、ウイスキーボンボンなどを食べる。食べている最中に、レクレーションだと呼びに来てくださった。塗り絵だそうである。母に「どうする?」と尋ねてみると、珍しく「腰が痛いけれど、見るだけ見てみる」と言うので連れて行く。色鉛筆を持って書き始めたので、母をそこに置いて、部屋を片付けて帰宅。

4月21日（火）

久し振りに晴れ。午前中の授業を終えて、すぐに母の施設へ向かう。伊勢丹で母の好きな丸福コーヒーを買い、マールブランシェのプリンとシュークリームも買う。他に先日買った小さなバウムクーヘンが特設売り場にあったので、それも買って行く。

2階へ行くと頭ボサボサの人が車椅子に乗っているので、どんな人? と思って見たら我が母だった。美容院へ連れて行ってやりたいと痛感する。すぐに部屋へ行ってブラッシング。そして「外へ行きたい」と言うのですぐに玄関へ。出ると「風があるなぁ」というので、行かないと言うのかなと思ったが行くと言うので、商店街へ。しかし、お稲荷さんの辺りまで来ると「寒いから帰る」と言うのでターン。

部屋へ戻り、持って来た丸福コーヒー、プリン、シュークリームを食べてくれた。トイレに連れて行った後、ベッドで横にさせる。その後、食べたおやつについてのメモを作成。チェストに置いてあった大きな洗濯袋を持って帰るべく準備をする。日曜日に下剤を飲ませてもらった成果が出たのだろう、たくさんの洗濯物である。それを持ってナースステーションへ。メモを渡し、汚れもので世話になったお礼を言って帰宅。

5月3日（日）

いつもの通りに行った筈が少し早かった。先に部屋へ行き、着替えなどをキャビネットに入れる。そして持って来たコーヒー等を置く。そしてホールへ行くがまだ食事は来ていなかった。

暫くして来たので見守る。相変わらずあまり食べず、食事中に栄養士さんが「この頃、余り食事が進んでいないから、お粥にしましょうか？」と尋ねに来てくださった。しかし母は「私は、お粥より御飯がいいです」、とはっきり言っていたので少し安心。それに、今日は後で焼きそばを食べさせようと思っているので「余り食べなくても、まぁ良いか」と思っているが、それは、栄養士さんには黙っていた。

食後は、歯磨きをして部屋へ。化粧水等を塗り、ブラッシングを終えてから外へ。暑いから駐車場で帽子を被らせ、同級生の磯谷君（お好み焼店）の店に電話して、持ち帰り用の焼きそばを頼んでから商店街へ。磯谷君の店に寄って焼きそばを受け取り、酒屋さんへ。いちばん小さいアサヒのビールにしようと思ったら「キリンの一番搾り」だと言う。こんなところは、とてもしっかりしている。お金を払おうとしたら「チーズが欲しい」と言う。何処にあるのかと思ったら、ちゃんと冷蔵庫に入っていた。良く見ているなと感心。そしてそれも買う。

それから駐車場で待たせておいて、紙コップ等を取りに戻る。それから、車の後ろの扉を開いて私が座り、母の車椅子と向かい合わせにしてから、まずビール。そして焼きそばを紙皿に少し入れる。しかしとにかく先にビールを飲む。「久し振りやから美味しいわ」と嬉しそうに微笑む。そして次に焼きそばを食べる。ビールは飲むが、余り焼きそばは食べなかった。

久し振りにビールを飲んだので、母の顔が少し赤くなっているようだったので「誰にも内緒よ。聞こえてるか?」と言うと、首を横に振って聞こえていないことを示す。しかし、その行動をするということは、聞こえている証拠なのだ。そのことを母に言うと、笑っている。後始末をして、トイレを済ませて部屋へ戻ると、すぐにベッドに横になった。

5月11日（月）

今日は、２時半頃に筒井さんが来てくださることになっているので、12時過ぎに2階へ。食事を見守って歯磨きをしてからトイレを済ませて部屋へ。化粧水等を塗って、ブラッシングの後、外へ。

日差しが強いので、帽子やサンバイザーを被って外へ。商店街を歩くが、昼食の時に筒井さんのことを伝えているので気が急《せ》いているのだろう。中西さんのところで果物を買ったら、「もう帰る」と言い出したので、そのまま、電車道に沿って西に歩いて行く。そして住宅街を通って戻る。

２階の自室に入ってコーヒーとフィナンシェを美味しそうに食べる。「まだ時間があるから」と言って横にならせると、すぐにテレビを見始めたが、「眠くなってきた」というので眠るように言う。

暫くしてトイレに行きたいと言うので、トイレに入っていたら、「美容師さんが来られました」と言ってノックされたので、急いで外へ。車椅子から理容用の椅子に座り替えてカットが始まる。何カ月経っているのか、もの凄い量の髪がカットされていく。カバーをしてもらっていたが下着や靴下まで毛だらけだったので、全部着替えさせる。

トイレに連れて行き、毛だらけの洗面台や床などの掃除を済ませてから、母とおやつを食べて帰宅。帰宅して、母の毛だらけの服を玄関に置いていたら、聞いたこともない声を出しながら太郎が、母のその服に頭や体をこすりつけていた。懐かしく思っていたのだろう。泣きそうになった。

5月29日（金）

昨日行けなかったから早く行ってやらねばと思いながら、やはり同じ時間になってしまった。2階へ行って母の食事を見守りつつ、食べるように言う。しかし、全く食べたいとは思わないらしい。それでも食べるように言っていたら、周りで食べていた人たちが「作ってくれる人が、気ぃ悪しゃはるわ」とか「食べてる横で立ってられたら、味も糞も何もないわ」とか聞えよがしに話していてムカムカした。

食後はすぐに歯磨きに連れて行って部屋へ。そこで化粧水等を塗り、UVケアなどをしてから外へ。車の中から、サンバイザー腕カバーを出してから商店街へ。銀行、スーパー、それから北の端まで行った後、暑いのでそのままUターン。帰りは中西さんで太郎の林檎、津子の八朔を買ってから、今度はドラッグストアへ。歯ブラシやオロナミンC等を買って、すごい荷物を車椅子にぶら下げて帰る。

部屋へ戻って、アンリシャルパンティアのフィナンシェでコーヒーを飲む。私は久しぶりにコーラを飲む。フィナンシェ以外に、亀屋良永の御池煎餅も持って来たので勧めるが、要らないといわれた。

トイレを済ませて部屋へ戻り、横にならせる。おやつなどのメモを書いていると、隣の、いつも文句を言っている方が、事務の女性の方に文句を言っていた。事務の方は「はいはい」と言って聞いておられたが、横で聞いている私の方がムカムカして来た。こんなに毎日文句ばかり言って、他人に感謝出来ない人も珍しいと思う。自分もそうならないようにしなければ。母に「また来るから」と言って部屋を出る。

6月14日（日）

ほぼいつもの時間に到着。2階へ行くと食べているように思ったので荷物を置きに部屋へ。そしてまた引き返してホールの椅子に腰かける。食べるように言うが、箸が進まないので、諦めて歯磨きをさせる。

トイレは必要なしと言うので、部屋へ。化粧水等を付けて、同室の入所者さんにコーヒーを渡した後、外へ。余り食べなかったので、なじみの寿司屋さん「尚ちゃん」へ連れて行く。ちょうど、店の扉が開いていたので、そのまま店内へ。

軟らかい物ということで、アナゴの煮物とビールを注文。それを何とかゆっくりと食べ終え、ビールもほぼ飲み干した頃に、寒いというので引きあげる。母にはかま揚げシラスのおろし大根和え、私には、牛蒡の炒め物を一品として出してくださった。その後、饅頭屋さんで赤飯を買って施設へ。

部屋に戻ってから、コーヒーとモン・ロワールのプチフィナンシェを食べてくれた。しかし、歯は相変わらず痛いという。その上、咳や鼻水が出ていたので、メモにそれも書き加えておいた。

6月26日（金）

10時頃に母の施設から電話。母の食事代等の高齢者関係の申請が今月末までとかで、持って来るようにということだった。何のことかわからなかったけれど、随分前に役所の福祉課から届いていた郵便物のことかと思い、電話を切った後で開ける。印鑑と、その書類を持って施設へ。

まず玄関でその書類にハンコ等を押してもらった後、銀行預金通帳のコピーを揃えて、役所まで申請に行かなければならないのだとか。聞いただけで、しんどくなった。

その後2階へ。相変わらず食欲はないようで、余り食べない。歯磨きをしてから部屋で化粧水等を付けた後、玄関へ行く。そんなに寒くもないので、「ここでコーヒー飲む？」と尋ねると「うん」と言うので「絶対に動かないで」と何度も言った後、母を一人玄関先に残して部屋へ。コーヒーなどのおやつを取って戻ると「寒いから入ろか」と言う。主張を急転直下翻すのでひっくり返りそうだった。

部屋に戻って、志津屋のシュークリームをコーヒーと一緒に食べる。大きいシュークリームを全て食べてくれたので嬉しかった。他にモン・ロワールの生チョコも食べてくれた。と言っても半ば強引に食べさせたようなものだけれど。

それからトイレに連れて行ってから、ベッドへ。今日は、食べている時も鼻水や咳が出たので、食べたおやつと一緒にメモに残す。

凄い雨の中帰宅し、今度は歩いて役所へ。その前に銀行で通帳記入をし、コピーをする。これで完璧と思ったが、役所に行くと、まだ足りないことが多々あって、若い女性職員の方が足りない箇所を手伝ってくれて完了。スーパーで買い物をして帰ろうと思ったけど、しんどくなったので駅前からタクシー。

7月12日（日）

ホールへ行くと母の姿が見当たらない。部屋へ行ってしまったかなと思ったら東南のテーブルで穏やかな入所者さんと並んで食べていた。それを横目で見ながら部屋へ行き、荷物を置いてまたホールへ。食事を見守りながら、主任のヘルパーさんに「席替えをしていただいてありがとうございました」とお礼を言ったら「前々から気になっていたから」ということだった。

その後歯磨きを済ませて部屋へ。化粧水等を塗ってから、UVなどを付けて玄関へ。暑いし、ムッとするが、行くと言うので、サンバイザーや腕カバー等をして出掛ける。商店街が終わる頃に「どうする？」と尋ねると、まだ先へ行くという合図をするので、さらに先に行く。しかし暑いので、途中で右へ曲がって、また右へ曲がって商店街へ戻る。

スーパーマーケットのマインで買い物をした後、焼きそばと言う。焼きそばといちばん小さな缶ビールを買って施設の2階談話室で食べさせる。ビールは全部飲んでくれたが、焼きそばはほんの少し食べただけだった。その後、コーヒーを半分、マドレーヌ半分、フィナンシェ1個を食べて部屋へ。

ベッドに横になるかと思えば「まだならない」と「外へ連れて行って」と言う。同室の入所者さんが「娘さんが可哀そうよ」とおっしゃったら、珍しく怖い顔をして車椅子の肘当てを叩いたので驚いた。同室の入所者さんも驚いておられた。仕方なくまた玄関へ行って暫くウロウロすると、気が済んだのか2階へ。トイレを済ませてから部屋へ行き、横にならせる。

7月30日（木）

いつも通りに家を出たつもりが少し早く到着。2階へ行くと、食事中だったので先に部屋へ荷物を置き、再びホールへ。相変わらず食は進まないようだ。

食後の歯磨きをしようと思ったら、先にトイレと言うのでトイレへ。歯磨きを終えて部屋へ戻り、化粧水等を塗った後にコーヒーやケーキ、阿闍梨餅を食べる。食べ終わる頃になると、決まって「外に行ける？」と尋ねてくる。「行けるけれど玄関まで。熱中症になるから」と言うと納得したようだった。

玄関から外へ出るなりムッとした熱気に襲われる。「ほら、暑いやろ？」と聞くと「暑くない！」と言う。そこでしばらく日陰を行ったり来たりする。なかなか帰ろうと言ってくれないので、しびれを切らして「入ろか？」と聞くと、うなずいてくれたので玄関へ。中はひんやりと涼しくて生き返る。

部屋へ戻り、横になる前に「トイレは？」と尋ねると「ない！」と言ったものの、すぐに「行っとこか？」と言う。部屋へ戻ってベッドに寝かせる前に薄いジャケットを脱ぐかと尋ねると、「寒いから着とくわ」と言う。「えぇ？　今寒いて言うてたら、冬になったらママさん冬眠せなアカンやんか！」と私。そしたら同室の同室の入所者さんに「先生は面白いことをおっしゃいますね。笑ってしまいますわ」と言われてしまった。私と母の間で内緒話は出来ないのだと思ってしまう。

8月6日（木）

今日は12時10分過ぎに到着。ホールを覗くと、母がトイレに行こうとしていたので呼び止める。母は「お腹が痛いからトイレに行く」と言うので、ホールから遠い奥のトイレまで連れて行く。

トイレをしていると、外から大きな声で「開けて、開けて」と言いながら扉を叩く声が。失礼な人がいるなぁと思って扉を開いたら、いつも元気の良いヘルパーさんだった。「あっ、すいません。榎並さんいたはれんかったから、びっくりして探してたんです」とおっしゃる。「お腹が痛いからトイレへ行きたいと言うので連れてきました」と私。「それなら良かったけれど、榎並さんは一人でトイレ出来へんからビックリして……」と。安心したり、申し訳なかったりと複雑な気持ち。

ホールへ戻って、残っていた食事を食べるためにテーブルへ。相変わらず食が進まない。母は食べたいものしか食べないと決めているようだ。

歯磨きをして部屋へ戻り、化粧水等を塗ってからおやつ。食べ終わったら、案の定外へ行きたいと言い出したので外へ。コンビニで支払いを済ませ、ドラッグストアまで行って施設へ戻る。母はそれほど暑いと思っていないようだが、私は暑くて死にそう。ドラッグストアで買ったウーロン茶をガブガブ飲んでようやく一息つく。同室の入所者さんは「先生が大変よね」とおっしゃってくださるが、母はそうは思っていないのだろう。

部屋へ戻るとコーヒーを飲みたいといった母のために自販機で買ったものの、ちょっと目を離した隙にシーツにこぼしてしまった。それで乾いたのをもらいに行ったら、先ほどのヘルパーさんが「持って行きます！」と言ってくださったので、お礼におやつをおすそ分け。

その後、母に「レリエレーション行こう！」と誘ってくださったけれど「腰が痛いから」と断っていた。「榎並さんはそう言うやろなと思ってたけれど、誘ってん」とおっしゃる。それでベッドに寝かせると、母はテレビを点けて高校野球を見始めた。私は、おやつなどのメモを書いて、ナースステーションの人に渡してから帰宅。空が暗くなって、車に乗り込む頃には雨が降り始めた。

8月15日（土）

今日は明美が行ってくれるはずだけれど、田川さんの調子が悪いので私が行くことにした。いつもの通りに2階へ行き、荷物を置こうとしたらバッグがない。車へ戻ってもない。ひょっとして……と思って、車で家まで引き返すと自転車のカゴに入っていた。

施設に戻ったら食事は終わっていたので部屋に連れて来て、化粧水等を付ける。その間「今日、行ける？」と尋ねるので「暑いよ」と言っても「構へん」と言う。仕方なく暑さ対策等の身支度を整えて部屋を出ようとすると、同室の入所者さんが扉の所にいらした。そして「まさか？」とおっしゃったので「はい、そのまさかです」と言ったら母に「これから行くの？　暑いよ。あなたが良くても、娘さんが大変よ」と手を握りながらおっしゃってくださる。母は聞こえているのかどうか怪しいが、「暑くない」と淡々と言う。その様子がおかしいと、同室の入所者さんは大笑い。

外へ出てから母に「駅の向こう側のパン屋さんへ行くけれど、暑かったりだるかったら言うように」と言って出発。パン屋さんではクロワッサンが欲しいと言うのでそれを買い、ドラッグストアに寄ってから施設へ戻る。暑いのなんのって。しかし母は、どうってことはないようだった。

部屋に戻って、買って来たクロワッサンを食べている時にヘルパーさんが来られた。なんでも今朝の入浴の時に、足がずるずると滑って床に尻餅をついてしまったのだとか。それで不注意だったと謝罪に来られたのだ。母は何も言わなかったし、トイレに連れて行っても痛いとかも言わなかったので、大丈夫ですと伝えた。そして母にはお風呂で尻餅をついたので心配して来てくださったことを伝えると「ありがとう」と言っていた。

8月27日（木）

部屋に荷物を置いた後、食事している母の様子を後ろから見ていた。食後は歯磨きをして部屋へ。ブラッシング、化粧水等を付けてから外へ。「暑いから」と言っても聞いてくれない。それでいつものように、商店街を北へ。

部屋に戻って、おやつにコーヒーと阿闍梨餅。その時に「火事です」と言う放送があって、慌ただしくなった。しかし、単なるテスト放送とのことでひと安心。それを見に行っていた時にヘルパーさんが「何かありましたか？」と声をかけてくださったので、持って行った阿闍梨餅を「皆で食べてください」と言って手渡した。ヘルパーさんが母にお礼を言ったら「お口に合うかどうか分かれへんけど」と言っていた。しっかりしているわと、少し嬉しかった。

その後、おやつに食べたもの等のメモを書いて帰る準備をしていたら、母が「もう行くの？」と聞いてくる。それで「また明日来るから」と言うと「気ぃ付けて」と。同室の入所者さんに挨拶をして帰ろうとしたら「お母さん、礼儀正しい方ですね。夜でもオシメを交換してもらった後、必ず『眠たいのにごめんね』とおっしゃっていますよ」と言ってくださった。お世辞かもしれないけれど嬉しかった。

9月10日（木）

今日も出掛ける前になって凄い雨が降り出す。何とか母の施設に到着して2階へ行くと、母が食事を終えてこちらに向かってくる。おそらく何も食べていないだろうと思い、引き返させてテーブルに着かせる。やはり、殆ど何も食べていなかった。御飯はともかく、おかずくらいはと思って食べるように言う。食後はトイレと歯磨きを済ませてから部屋へ。

部屋で化粧水やブラッシングをしていると、母は外を見ながら「えらい雨やなぁ。外、行けへんなぁ」と言ってくる。それで「玄関まで行ってみよ」と言うとうなずいたので玄関へ。

しばらくウロウロしてから部屋へ戻って、丸福のコーヒーとヨックモックのおやつ。トイレへ連れていってから横にならせて、大が持ってきてくれたアレンジフラワーに水を与えていたら「湿布して」と言い出した。花からこぼれてしまった水を拭いたりしていたので、「待って」と言ったらナースコールを押したらしい。ヘルパーさんが来られた。少しくらい待ってくれたらいいのにと思ったら腹が立って、ヘルパーさんの前で大きな声で「待って、と言ってるやんか。何でこれを押すの！」と言ってしまった。ヘルパーさんは私の怒りに驚いて、困った顔をしておられた。そしてヘルパーさんに「すみません、大丈夫ですから」と言って帰ってもらった。そして湿布をする。

同室の入所者さんがその様子を見て「先生に叱られたから、お母さん、シュンとしちゃって可哀そう」とおっしゃった。顔を見ると、そんなふうだったので悪かったと思った。

9月20日（日）

今日は金木犀が咲いていたので、その枝と銀木犀をアレンジメントして持って行くことにした。玄関で事務所に挨拶をしたらスタッフのMさんがおられたので、2時前後くらいに少し時間を取っていただきたい旨を伝える。その後、2階へ。15分を過ぎていたので、もう終わっているかと思ったらまだ食べていた。その様子を見てから部屋に荷物を置きに行った。

ホールへ戻って母の近くへ行くと、「今日、外へ行けるかな？」と聞いてくる。「行けるけれど、暑いよ」「構へん」といつもの会話。食後は歯磨きをして部屋へ。化粧水等を付けて暑さ対策をして外へ。

商店街を通って従兄弟の敏ちゃんの家の横を通って、また商店街へ戻る。そして中西果実店で、我が家の番犬である太郎のためのバナナと人間のためのブドウを買って施設へ戻る。部屋で母に「暑かったぁ」と言ったけれど「ううん」と言って首を横に振る。これで暑くないなんてと思うが、暑くないらしい。

おやつを食べた後、母を横にならせてから事務所へ。Mさんがいらっしゃらなかったので呼んでもらう。そして応接室でリハビリについて尋ねてみる。こちらからは、以前の施設では装具を付けて歩いていたこと、こちらではリハビリの方と反りが合わなかったようだと言うことを伝えた。それでカルテを見せてもらったが、やはり1、2、3の段階までで、それ以上は全く進んでいなかった。以前と比べて今は足がしっかりと地面に着いていない状態になっていることなどを話す。Mさんは、この件に関しては相談してみると言ってくださった。

9月22日(火)

朝から植木屋さんにおやつを出した後、母のコーヒーを淹れてから出発。食後はいつものように散歩に出かけ、おやつなどを買って施設へ戻る。玄関へ入るとSさんが来られて、リハビリの方と話してくださいと言われた。

部屋に戻っておやつを食べているときに、リハビリ担当の方が来られて談話室へ。リハビリについての説明を受ける。まず「装具」に関しては、全く何も聞いていないとのことで唖然とする。最初にこちらに来たときに担当者に伝えたが、その引き継ぎ等が全くなされていなかったらしい。そりゃ、1年も何もされなかったら、元に戻ってしまうはずだ。

以前なら麻痺した足が地面にしっかりと着いていたけれど、最近では殆ど着いていなくて、踏ん張りも効いていない。それに、以前なら平行棒で装具を付けて歩いていたのに、今は、全くそのようなリハビリはないことも伝える。

しかしあちらは、そのような申し送りがないことや、装具があることも知らなかったし、今日装具を付けたけれど合っていなかったとか。そりゃ、1年も何もしなかったら、足の筋肉だって細くなるでしょうと言いたかったけれど、それは心の中で。

10月10日（土）

いつもより少し遅れて到着。2階へ行くとまだテーブルに座っていたので、まず部屋へ荷物を置きに行く。ホールへ戻るとすでにテーブルの上にはトレイがなく、「あれっ、ないの？」と言うと、ヘルパーさんがバツの悪い表情をしていらした。母はあまり食べないから、家族がいない時はこのように早々に下げているのだろうと思った。

その後歯磨きをしてトイレ、そして部屋へ行くと、「コーヒーある？」と聞かれたのでコーヒーを出す。今日のおやつは阿闍梨餅。私が同室の入所者さんと話していると、「外へ行くから」とか何とか言って邪魔をして来る。そして早く外に連れて行けと言わんばかりに「腰が痛い」とか何とか。今日も文句を言い出したので、「食べたら外へ行くから」と言ってコナコーヒーと餅を2個食べさせてから外へ。

今日は商店街の端まで行ってどうするのかと尋ねると、さらに先へ行くように合図をするので、とうとう従兄弟の仁孝ちゃんの家の前まで行く。表札を確認すると、うなずいて、来た道の1本東側の道を通って商店街まで戻る。そしてパン屋さんへ立ち寄って、パンを買ってから施設へ戻る。

部屋へ戻るとコーヒーが飲みたいと言うので缶コーヒーを買って戻ると、チーズのパンを食べてくれた。トイレへ連れて行ったところでおやつの時間になり、「もうすぐおやつの時間だけれど行く?」と尋ねると、うなずいたのでテーブルに付かせる。私は部屋に戻っておやつに食べたもののメモを書き、洗濯物等を持って部屋を出る。

10月15日(木)

午後の授業の後、学長室へ行って、拙著『英語海外研修シャペロン奮闘記』を渡してから地下鉄へ。伊勢丹で買い物をして特急に乗り込む。しかし到着したのは、4時半過ぎだった。玄関受付で先月分の支払いを済ませると、母のスケジュールに印鑑を押してほしいと言われたので「リハビリが気になる」と伝える。すると、リハビリの責任者が来てくださって「嫌がらずに、少しだけれど歩いている」ということだった。心の中で「ホントかな？」と思いながら聞いていた。

その後、2階のホールへ行くと、母が一人テーブルについている。「どうしたの？」と尋ねると、「トイレに連れてってと言ったら『もうすぐ夕食やから、ここにいとき』て言われた」と言う。それで、荷物を持ったまま片手で車椅子を押して部屋へ。部屋に荷物を置いて、すぐにトイレに連れて行き、部屋へ戻る。

夕食までまだ40分ほどあるのでどうしようかと思ったが、「コーヒー飲む？」と尋ねると「飲む」と言うので、丸福コーヒーとミニシュークリームを出す。すると、喉が渇いていたのか、飲み干してシュークリームも食べてくれた。

その後、化粧水等を塗っていたら夕食の招集がかかった。母に「行く？」と尋ねると、「トイレにもう一度」というので再びトイレに行き、出てきたら食事前の体操が始まったので慌ててテーブルに着かせた。それから部屋に戻り、母が食べたコーヒーやシュークリームをメモして部屋を出る。

10月26日（月）

今日は明美が行ってくれている日だが、筒井さんが2時頃から母のカットに来てくださるとのことなので、私も出かけることにした。着いてみると明美は帰ってしまったようだ。

部屋へ行くと母はベッドに横になっていたが、筒井さんが来られるまで少し時間があると思って外へ連れ出す。いつものように商店街へ行こうとしたら、向こうから筒井さんらしき人が来られた。待っていたら筒井さんだったので3人で戻る。

2階へ行って早速カット。部屋に入る前に、母が私に「お金持ってないから出しといて。返すから」というので、母らしいなぁと思う。しばらくカットの様子を見ていたが、席を外して買い物や支払いなどの用事を済ませる。戻るとほとんど仕上がっていた。母も「さっぱりした」と筒井さんに何度も言っていた。筒井さんからは「来月は毛染めとパーマやて言うたはるよ」と聞かされたので「それでは車を手配してお世話になります」と答えておいた。

チリトリとホウキを借りて来て筒井さんと一緒に掃除をしてから、準備していたお礼とオーストラリアのチョコクッキー、ティムタムを渡す。筒井さんを玄関まで送って部屋へ戻るとおやつの時間だったので、母に挨拶をして帰宅。

10月30日（金）

昨日寒いと言っていたので、少し厚手の物を用意してから母の元へ。荷物を置いてチェストの衣類を入れ替えする。その後ホールへ行くと、すでにデザートのゼリーを食べている。傍に行って食べるように言うが、「要らない」という。今日は久し振りに、なじみの寿司屋「尚ちゃん」で刺身でも食べようと思ったので黙っていた。

歯磨きの後、化粧水等を塗ってから「尚ちゃん」へ。しばらくメニューを読んでいたが、さらし鯨とビールを注文する。しかし半分ほどしか食べてくれなかった。帰りも車椅子に座っている様子がどうもおかしい。すぐにピサの斜塔のように左側に傾いている。全く左腕に力が入っていない。悲しさと、辛さが一緒になって、つい「自分でしっかりしないと、誰も助けてくれないよ！」と大きな声を出してしまった。言ってから悪かったと思ったが……。

部屋に戻ってもどうも左に傾くので両肩を見てみると、左の方の骨がへこんでいるように感じた。ナースステーションまで行って事情を話す。すぐに先生が診てくださって「専門医に診てもらったほうがいい」と言われたので、了承したのだが連れて行ってくださるわけではないらしい。今日は愛犬の太郎が訓練から帰って来るので、取りあえずまた来ることを伝えて帰宅。

その後保険証等を持って家を出て、診察券を佐々木整形に出すと、時間も時間だから「すぐに連れて来て」と言われてすぐに施設へ。玄関を入るとSさんがいらしたので「緊急の場合は、家族が行くのですね。仕事を持っていない人ならいいけれど、今後同じことがあれば心配です」と一言言っておいた。

それから部屋へ行って母を起こしてトイレに連れて行き、膝や肩に毛布を掛けて玄関へ。そこで、リハビリをしてくださっている方が来られて「朝、筋肉をほぐした時はなんともなかったのに」と言って母の肩を見てくださった。その後、佐々木整形でレントゲンを撮ってもらった。先生いわく、麻痺している人にありがちな阿脱臼ということらしい。取りあえずほっとひと安心。

11月10日（火）

今日は朝からあまり体調が良くないので、学校からそのまま母の施設へ。母がいつものテーブルからこちらに来ようとしていたので、「どうしたの？」と話し掛けると「トイレに行きたい」と言う。それで「トイレに行きたいてヘルパーさんに言った？」と尋ねてみた。だってすぐ隣で誰かの爪を切っているヘルパーさんがいたからである。しかし私のそれを聞いても知らんぷりだったけれど……。

それで部屋に荷物を置いて、すぐにトイレに連れて行く。そして部屋に戻って「コーヒー飲む？」と尋ねたらうなずいたのでおやつに。そのうちに「腰が痛い」と言い始めて、自分で車椅子を動かす。ガラス戸の近くへ行くので外へ連れて行けというのだろうと思っていたら、リハビリの時間だと言って呼びに来てくださった。

後始末をしてメモを書き、帰る準備をしてから、歩行の練習をしていた母の様子を見に行った。以前に比べるとかなり衰退しているけれど、なんとか歩いているのを見て少し安心した。少しの距離だけれど、そして補助があるけれど、歩いている。3回歩いたところで退室。

11月17日（火）

朝は曇っていたが、母の元に行く時は激しい雨になっていた。ホールのいつものテーブルにいたので傍に行く。ほとんど人がいなかったので部屋へ。

部屋に入ってカーテンを開けると「えらい雨やなぁ」と母。雨粒が激しく水たまりに落ちていたのでそう言ったのである。雨や風の音は母には聞こえないけれど、雨の場合は水たまりに落ちている雨粒の様子、風の場合は、洗濯物の動き等で判断しているのはすごいと思う。

母は、じっと雨粒を見ながら、コーヒーを飲んだり、フィナンシェを食べていた。横になる前にトイレへ連れて行ってからベッドへ。その時に足を見たら装具をはめていたので、「今日、歩く練習した？」と尋ねると「うん。してくれはった。壁についている棒につかまって歩いた」と言う。「頑張って」と言ったらうなずいていた。

11月27日（金）

いつもの時間に2階へ。寒いのに外へ行きたいと言われ、風邪でも引かれたらと思いダウンのベストや帽子を準備。それを部屋に置いてからホールへ。そして食事。

すぐに箸が止まったので、傍に行って食べるように言う。しかしあまり食は進まない。もういいかと思って歯磨き。部屋に戻ると「コーヒーを飲みたい」と言うのでヨックモックでコーヒータイム。食べ始めたら「日差しのある方へ行きたい」と言うので、カーテンを開けてそちらの方へ移動。母は良いかもしれないけど私は眩しい……。

化粧水等をつけてからダウンのベストの上にジャケットを羽織り、膝掛けをして帽子を持って玄関へ。「寒い」と言うかと思ったが「寒いけれど、冷たい空気を吸うのも良いもんや」とか言いながら、右手を上げてＧｏのサインをする。その後、いつものコースを行く。

部屋に戻ったらまた「コーヒー」と言うので、残りのコーヒーを全部注ぐ。それをヨックモックと一緒に飲んでくれた。そうこうするうちに、ヘルパーさんたちが周りの人たちに「レクリエーションでボーリングですよ」と声かけている。だけど母はいつも断るので、ウチには声がかからない。

トイレに連れて行き、その後ベッドへ。しかし、横にならせる前に口腔の練習をする。入れ歯が落ちたり、大きな声が出なかったり、私に唾が掛かったりして、母も思わず笑い出す。しかし、なんとか10回出来たので、横にならせておやつメモを作成。そして「また明日来るから」と言って部屋を出る。

12月2日（水）

午前の授業が終わってから、伊勢丹で丸福のコーヒーと生チョコを買って電車に乗り込む。銀行に寄ってから母の元へ。

2階のホールテーブルにいたので「何してるの?」と尋ねると、「トイレに連れてもらおと思ってたとこや」と言うので連れて行く。部屋に戻ってコーヒーと生チョコ。そこへ歯科衛生士さんが歯の検診に来てくださった。だけど食べている最中だったので「また来ます」と言ってくださった。その彼女にも生チョコを勧める。

母が全て残さずに生チョコを食べてくれたところへ歯科衛生士さんが来てくださったので、

そのまま口腔の洗浄。洗浄が終わったところで、最近母の唾液がとても多くなったことを衛生士さんに相談してみる。すると唾液が多いほうが良いとのことである。年齢を重ねると唾液が少なくなって、口腔が乾燥して良くないらしい。母のように唾液が多いということは、とても良いと言われたので少し安心した。

12月14日（月）

今日は行きつけの美容室の筒井さんがカットに来てくださるので、私が行くことにした。いつもの時間に行き、荷物を部屋に置いてから再びホールへ。少し母の食事の様子を見ていたが、すでに終わっているようだったので、傍まで行ってもっと食べるように言う。

歯磨きの後、防寒の準備をして玄関へ。まず銀行へ行き、出ると「寒いから帰ろ」と言うのでターン。部屋へ戻って、梅林のおばちゃんからもらった東京バナナとコナコーヒーでコーヒータイム。

おやつで食べたもののリストを作成してから、筒井さんを迎えに玄関へ向かったところで、母の部屋のナースコールが点灯。大急ぎで戻って「どうしたの？」と尋ねると「オシメ見てほしい」と言うので「トイレに行こう」と言って母を起こす。そしてトイレへ。パッドが濡れていたので、替えをもらいに走っていたら筒井さんが来てくださったとのこと。急いでトイレから出て理髪室へ。

カットをしてもらったが相変わらず蛇口からは水しか出ないので、お湯をもらいにナースステーションへ。筒井さんから「パーマあてますか?」と尋ねてもらった母は、「またお店へ寄せてもらいます」と言う。それを聞いた私は「寄せてもらえないから」と言いながら、パーマもしてもらう。ロットを11個持って来てくださっていて、頭の上部辺りを巻いてくださった。「どうか分からないけれど」と言うことだったけれど、少しウエーブが出たようである。

その他に、顔、襟足、眉などを剃ってくださった。終わる頃になると「腰が痛い」を連発するので、早々にベッドへ。それから筒井さんと一緒に理髪室の後始末。掃除機で部屋を掃除し、外に出した椅子を戻す。そして筒井さんと玄関へ。車からお礼の袋などを取り出して渡す。そして見送った後、また急いで部屋へ。

母の靴やベストなど、カットした髪がくっついているので、それを掃除。着替えさせて洗濯物を持って退室。

12月24日（木）

いつもと同じ時間に2階へ。食事は相変わらずだけれど、もういいかと強くは言わなかった。食事の後は歯磨き、そして部屋に戻って化粧水等をつけてから外へ行く準備をする。防寒の準備をして部屋を出たら、何やら慌ただしく準備をしておられるようだったので尋ねてみると、1時からクリスマス会があるとか。

今日は、先日出版した『英語海外研修シャペロン奮闘記』を、やまと薬局と銀行のフロアーさんにもらっていただく。その後、パン屋さん、果物屋さんへ行って施設へ戻る。皆さんすでにホールに集合しておられたので、私は部屋で帰る準備。部屋を出たところでヘルパーさんと眼があって、彼女が「入って見て行って」と手招きをしてくださった。ちょうどサンタさんが登場されたところだったので、少しだけと思ってホールへ。

クリスマスの歌、サンタさんからのプレゼント等々。サンタさんの友達だという宣教師御夫婦と、1歳くらいの坊やと少し話をしてから退室。玄関でSさんに、1月9日の帰宅について、福祉タクシーなどの件について尋ねてから帰宅。

12月31日（木）

朝7時過ぎに母の施設から電話。母が40度近い高熱を出して、食べたものを少し戻したという連絡だった。抗生剤で今は落ち着いているという。インフルエンザは陰性らしいけれど、あまり当てにならないとか。なぜかだるいからもう少し横になっていたいと思っていたが、それを聞いて起きることにした。

早く行こうと思っていたのに正月の準備等をしていたら、いつもより遅くなってしまった。玄関へ入るとＳさんが出て来てくださって、２階まで一緒に行ってくださった。部屋へ行くと、母は横になってテレビを見ていたが、目に元気がないように思えた。看護師さんが来て説明をしてくださり、今日持って来たコーヒーやお菓子等は駄目ということだった。それで、母の車椅子に座ってじっと母を見ていた。

しばらくしたら、看護師さんがスツールを持って来てくださったが、私が車椅子に座っているのを見て、「あぁ」と言いながら「使ってください」と言って置いて行かれた。母は何度も私の方を見て「眠たい」を繰り返す。私がじっと座って見守っていても何もできないし、私が居るから眠れないのかもしれないと思い、母に帰ることを告げて玄関へ。

夕方、電話で母の様子を尋ねたが変化なしとのこと。明日は新年だというのに、何となく気が重い。

◎２０１６年1月3日（日）

少し遅くなったが、２階へ行くと母はまだ食事中だった。ちらし寿司だったが食べたくないらしい。食べながら「外へ行けるかな」と言うので「御飯を食べたら」と言うと、ほんの少しだけ食べてくれた。

その時に母の髪がサラサラしていたので、「お風呂、今日だった?」と尋ねるとうなずいていた。どうやら母の体調の様子をみて、１日ずらしてくださったらしい。歯磨きをしてから、母に「外へ行きたいのなら、行って良いかどうか自分で尋ね」と言うと、自らヘルパーさんに尋ねた。ヘルパーさんから看護師さんへ確認してもらい、１時間くらいだったら良いという許可をもらう。

ベッドサイドに車椅子を置いて、化粧水を塗ろうと準備していたら、自分でカーテンの近くへ行って外を眺めている。心から外へ行きたいのだと思った。化粧水等を付け、ブラッシングをしてから防寒のための衣類を着込む。４月上旬の陽気らしいので寒くはないけれど、母には寒いかもと思ってしまう。準備万端整えてから玄関へ。

エレベーターの扉が開いたら、大たちが立っていたのでびっくり。全員で外へ出て、お稲荷さんへ初詣。参拝してからおみくじを引く。まず母が引いたら27番。次に私が引いたら同じ27番。同じ番号を2枚も買う必要もないかと思って27番を1枚だけ買うと大吉だった。母の好きな「富士山」等の言葉があって母も嬉しそう。私も久し振りにおみくじを引いてその上大吉だったのですごく嬉しかった。

部屋へ戻り、大たちを見送ってから、大が持って来てくれたチーズパイやクッキーでコーヒーを飲む。母は一言も言わず、太陽の光を浴びながら外を見ながら食べて飲んでいる。トイレを済ませて横にならせてから、洗濯物などを持って帰宅。

1月12日（火）

今日は授業が終わって直ぐに帰るつもりが、小林先生と久し振りに会って研究室で話し込んでしまった。そのために母の施設に着いたのは、4時頃とかなり遅くなってしまった。ヘルパーさんが「あちらで、体操したはります」と教えてくださった。珍しいこともあるものだと思いながら、荷物を部屋に置いてホールへ。

覗いてみると、母は天井からつるされた赤いロープを持って体操をしている。私が見ているると母が嫌がるかもしれないと思って隠れて見ていたけれど、誰かが母に私が来ていることを伝えてくださったようだ。横ばかり見るので母の後ろに回って見ることにした。終わってから部屋へ。

部屋でコーヒーを飲むかと尋ねると、「うん」と言うので準備。丸福のコーヒー、マールブランシェのプリンとシュークリームでコーヒータイム。

その時に土曜日に帰って来られたから、月に一度でも日帰りで帰って来るかと尋ねたが、首を横に振る。それで「帰りたくないのか?」と尋ねると「そうではない。帰りたい」と言う。どう言うことなのか分からない。要するに、日帰りでは帰りたくないと言うことなのかも……。

食べ終えてからトイレへ連れて行き、腰が痛いと言うので夕食まで横にならせる。その途端に、テレビ。部屋を出ようと振り返って母を見たら、テレビに釘付け。ドライな母である。

1月19日(火)

今日はとても寒いので、イノダコーヒーでコーヒーを魔法瓶に入れてもらう。ついでにビーフカツサンドも作ってもらって持って行くことにした。しかし部屋へ行ってもベッドは空っぽ。どうしたのかと思ってホールへ行ったら、フラダンスのボランティアが来てくださって、一緒にレクリエーションをしていたのだとか。残念ながら行った時にはもう終わっていた。

部屋へ戻ってコーヒータイム。カツサンドはあまり欲しくないようで、鶴屋吉信の「つばらつばら」を2本も食べてくれた。おやつを手渡す時に母の手が触れたので握ってみると、すごく冷たかった。母は私の手を握って「温《ぬく》い手やなぁ、気持ちいいなぁ」と言う。母の手はあんなに冷たかったかなぁ？

1月29日（金）

今日は雨降りだったけれど、いつもと同じ時間に母の元へ。部屋に荷物を置いてから、ホールで母の食事の様子を見守る。食事を終えてから歯磨きをして、ハンドタオルで顔を拭く。そして部屋へ。

雨が降っているのでテラスへ行き、化粧水等を付けブラッシング。太陽の光がないので部屋に戻ってコーヒータイム。お菓子は以前持って行ったキャラメル味のクリスピーパイと、先日買って来たバトンドール。おやつを食べている間、母は黙ってずっと外を見ていた。そして水たまりをしっかりと観察して、「えらい雨やなぁ」と言う。我が母ながら、エライと思う。

トイレを済ませて部屋へ戻ろうとしたら、入り口付近で看護師さんが話をされていて、出ようとしている人たちが出られず困っていた。気づいているはずなのに、なんて配慮がないのだろうと腹が立つ。しかし、何も言わずにひたすら待っていた。ようやく部屋の人たちが外へ出たので、私は母をベッドまで連れていく。それでも看護師さんは、私に一言の挨拶もなく出て行かれた。

2月5日（金）

今日は久しぶりに少し暖かかったので、外へ連れていこうかなと思いながら母の元へ。食事を終えて歯磨き、洗顔などを済ませてから部屋へ。部屋へ入ってまず化粧水等を塗ろうと思って準備をしていたら、その間に一人でテラスへ行ってしまった。それで、そこまで行って化粧水等を塗り、その後コーヒータイム。

「あんたが帰る時にトイレに連れて行って」と言うので、「今日は久しぶりに外へ行く?」と尋ねるとうなずく。完全武装して外へ出ると、「寒いなぁ」と一言。少し風があって寒いけれど、中に入るとも言わなかったので、そのまま進む。商店街でティッシュなどを買って部屋へ戻る。トイレに連れて行き、母をベッドに横にならせてから、帰る準備。母に帰ることを伝えると、いつものように「気ぃ付けて。風邪引きなや」と言って手を振ってくれる。そして帰宅。天ケ瀬梅林の梅が殆ど咲いていた。

2月12日（金）
今日は４回生との食事会があったので、おやつが終わっていた。ホールにいたので手を振ると、手を上げてくれた。私はそのまま部屋へ荷物を置きに行き、再びホールへ。自分で来るように合図をするが、動けない。車椅子の左側のブレーキがかかったままだったようだ。これじゃあ動けないと納得。そして部屋へ。
すぐに夕食の時間になってしまうけれど「コーヒー飲む？」と尋ねると、「飲む」と言うので準備する。二人で黙って凮月堂のブッセとコーヒーを味わう。美味しいかと合図をするとうなずくので、おいしいのだろう。でもこれで夕食は食べないかも……。
その後トイレに連れて行き、ベッドへ寝かせてから部屋を出る。この頃なぜか自転車で帰るのが億劫に感じる。歩いたほうが良いのかも……。

2月25日（木）
天気が良くて暖かいので、今日は久し振りに外に連れ出しても良いかなと思いながら母の元へ。食事を終えて歯磨きに連れて行くと、母の横に居るおばさんが「うちの娘は、いっこも来えへん」と言って泣かれた。私はどう言っていいのかと思いつつ、背中を撫でながら「そんなことないですよ」と言う。母はそれを見ながら何を考えているのだろう？

陽が入る場所に連れて行きカーテンを開けると、「わぁ、気持ち良いなぁ！」と言ってくれた。外が好きな人である。化粧水等を塗ってからコーヒーの準備。コーヒーを淹れると「えぇ匂いやなぁ」と言いながらうっとりした表情をする。お菓子はクラブハリエのバウムクーヘン。ゆっくりと食べ、飲んでいる。外を見、空を見上げ、ゆっくり、ゆっくりと時間を過ごす。最近はまた涎が出るので拭いていたが、少し風邪気味なのか鼻水も沢山出ている。だから、やはり外に連れて行くのはやめにしようと思った。

3月4日（金）

今日は暖かかったこともあって、いつもの時間より少し早目に到着。荷物を置いてからホールへ。食後の歯磨きを済ませてから部屋へ。

今日はマールブランシェの茶の菓でコーヒータイム。いつものように、外を見渡し、空を見上げながら食べる。大体食べ終えたところで「外へ行く」と言うので、防寒の準備をして外へ。少し風があるのでどう言うかと思ったが、戻るとも言わなかったので出発。

商店街を通り抜け、昔の役所の近くまで行くと「寒いから帰ろ」と言うので、戻る。施設の玄関で母の足が車椅子から落ちているのに気づかずに押してしまい「痛い！」と怒られてしまった。驚いて前にしゃがんだら、怖い顔をして睨みつけられた。気を付けてやらなければと反省。部屋に戻り、トイレに連れて行き、横にならせてから帰宅。

3月11日（金）

今日は卒業式の予行演習の後、高校生への模擬授業をしてから大学を出る。母の施設に着いたら4時半だった。

ホールにはいないようだったので部屋へ。ベッドでテレビを見ている母に、「コーヒー飲む？」と聞くと「飲むわ」と言って起き上がった。相変わらず、最初にコーヒーの香りを楽しんでから飲み始める。ショートケーキも食べてくれた。

ゆっくりとコーヒータイムを終えてから、ホールへ連れて行く。ケーキを食べている時から、体操をしている声や音が聞こえていたので、内心ハラハラしていた。母を預けてから部屋に戻って帰る準備。ホールで、母に帰ることと夕食をしっかり食べることを伝えてから帰宅。

3月17日（木）

いつもの時間に到着して食事の様子を見守り、歯磨きなどを済ませてから部屋へ。太陽の日差しが入る場所へ行きたがるので、そこで化粧水等を塗る。外へ行きたいと言われたが、今日は介護認定の審査があるので行けないことを伝えて、廊下やホール等をウロウロする。

介護認定の審査では、色んな質問にちゃんと答えてくれた。なぜか釣りの話が出て盛り上がっていた。審査してくださったMさんは「榎並さんは認知の兆候はありませんわ。前の施設ではきちんと質問せずに、勝手に書かはったんかも知れませんね」とおっしゃる。確かに前の施設では「立ち合わせて」と頼んだのに無視されたことを思い出して、また腹が立った。

審査が終わって、ホッと一息ついてコーヒーを飲む。今日のおやつは、昨日伊勢丹で買って来たプリンとリッツカールトンのチョコ。母に言うと「口が腫れるなぁ」と言う。プリンを出してキャラメルソースを選ばせる。ブランデーを選んだのでそれをかけると、「美味しいわ」と言って食べてくれた。再びソースを選ばせるとシナモンを選び、また「美味しい」と言って食べてくれた。

食べている間、ホールでは何か騒がしかった。どうやらレクリエーションの代わりに何かお菓子を作るらしい。母に聞いてみると「行く」と言うので、トイレを済ませてからホールへ。私は部屋へ戻って片づけをして、母に声を掛けて帰宅。

3月24日（木）

会議が終わってすぐに大学を出て、伊勢丹でシュークリームなどを買って特急に飛び乗る。母の施設に着いたのが4時半頃。眠っている母を起こして、遅いおやつの時間。マールブランシェのプリン、シュークリームを美味しそうに食べてくれた。途中で男性のヘルパーさんがこられて「御飯、食べられるか？」とおっしゃる。そして「榎並さんの娘さんは二人とも美人やなぁ」と母の耳元で話しかけてくださった。それを聞いて母は嬉しそうに「ありがとう！」と彼の方を見て笑って答えていた。久し振りに母の笑顔を見たような気がする。

3月31日（木）

今日は午前中に食洗機の取り替えに来てもらっていたので、少し遅く到着。良いお天気なので外へと思いながら……。

母の食事の様子を見守り、食後の歯磨きなどを済ませてから部屋へ。マールブランシェのプリンでコーヒータイム。食べ終えると外へ行きたそうなそぶりを見せるので、外出の準備。寒がりなのでセーターを着せて出発。

商店街を歩いて中西さんで太郎のバナナを買う。店に入るといつもの店員さんが「髪を切って、すっきりしたなぁ」等と言って褒めてくださったので、母も嬉しそうだった。店を出て、電車道に沿って西へ。公園の桜が随分咲き始めていた。桜の木の下を通ると「綺麗に咲いてるな」と母が言ってくれたので満足。

施設へ戻り、残っていたプリンを食べてコーヒーを飲み、トイレを済ませてからベッドへ。「また明日来るから」と言うと「寒いから、風邪ひかんように」と言う。桜が咲いていたのに……。

4月5日（火）

いつもの時間に母の施設へ行き、食後の歯磨きなどを済ませた母を連れ出して公園へ向かう。外に出るなり、母は「寒いなぁ」と言うが構わずに出発。公園のベンチに腰掛けて、桜の木の下でコーヒータイム。

マールブランシェのプリンを綺麗に食べてくれたので、コーヒーを注ぐ。さらにシュークリームも食べてくれた。途中、生駒山の方を眺めながら「山も桜が満開やなぁ」と言う。食べ終わると「寒いから帰ろか」と言うので施設へ戻る。トイレに連れて行き、ベッドに横にならせてから帰宅。

4月15日（金）

大学でフレッシュマンセミナーがあったため、母の施設へ到着したのは5時前になっていた。2階のホールへ行くと、母が自分のテーブルから動こうとしていた。近づいて「どうしたの？」と聞くと「トイレに行きたい」と言うので連れていく。

トイレから出ると、夕食のために部屋から皆が出て来られる。母だけ部屋へ連れていく訳にもいかず、ホールの母の席へと連れていく。私は部屋に戻って、持って来た洗濯物を引出しに入れて帰る準備。ホールで母に前掛けを付けてから、「また来るから」と言って玄関へ。今日は母の顔を見ただけの日。

4月21日（木）

授業が終わってすぐに帰るつもりだったのだが、学生たちが来ていたので遅くなる。八条口でイノダのコーヒー、生八つ橋の細工菓子、そして「つばらつばら」を買って母の元へ。

玄関で、先日届いた母の要介護の認定通知を見せる。要介護5だったのが3になっている。前の施設が勝手に申請したために4から5になってしまっていたのだと改めて思う。

2階のホールに母の姿はなかったので部屋へ。するとヘルパーさんの大声が響き渡っていた。どうやら「4時半になったら呼びに来るからナースコールを押さずに横になっていろ」と言うような内容で、怒鳴られていたのは母だった。私はその場に立ち尽くすことしかできなかった。

しばらく様子を見ているとペルパーさんが私に気づいたようで「何か母が？」と聞いてみると「いいえ、何にも」と言ってそさくさと出て行かれた。仕方なく、何もなかったように母に「コーヒー飲む？」と話しかけると、母も「飲むわ」と言って起き上がってくれた。

コーヒータイムが終わると外へ出たがるので玄関へ。雨が降っていたので、母も納得して部屋へ戻ってくれた。トイレを済ませてベッドへ。私は帰る準備をして母に伝え、部屋を出る。ホールに先ほどのヘルパーさんがいらしたので、「ご迷惑をお掛けしますがよろしく」と言ってから帰宅。

4月29日（金）

いつもの時間に到着し、持ってきた荷物を部屋へ置いて再びホールへ。今日は白いコック帽のスタッフがおられて、お好み焼きが小さく切って振る舞っているようだ。母はきっと「ビールが飲みたい」と言うだろうな、と思った。すると、どこからか「ビール」と言うことばが聞こえて来た。

それで母の近くへ行くと、いつもお茶を飲んでいるコップにノンアルコールのビールを注いでもらっていた。それで「よかったね」と言うと、嬉しそうにうなずいていた。ビールと一緒に小さなお好み焼きを楽しんでいた。

食後の歯磨きなどを済ませて部屋へ連れていったものの、母はとにかく外へ行きたいようだ。太陽の当たる場所では暖かいが、風が強いのでしっかりと防寒をしてから出発。それでもお稲荷さんの近くまで行くと「寒いから帰ろ」と言い出した。太郎に食べさせるバナナなどを買ってから施設へ戻る。部屋でコーヒータイムを過ごし、トイレなどを済ませて横にならせてから帰宅。

5月8日（日）

いつもの時間に行き、先に部屋に行って荷物を置いてからホールへ。いつものように食事を見守りつつ、もっと食べるように言う。食後の歯磨きなどを済ませてから部屋へ。ブラッシングなどをしてから、サンバイザーを持って外へ。車の中で日焼け対策をしてから商店街へ。

ドラッグストアでベビーパウダーを買って出てきたら、「寒いから帰ろ」と言い出した。パン屋さんにも行きたいし、他にも用事があると言うと分かってくれたようで、そのまま買い物へ。施設の部屋に着いて「コーヒー飲む？」と聞くと、うなずいてくれたのでコーヒーの準備。ライオン、ゾウ、ウサギなどさまざまな動物の形をした動物ビスケットを出すと、面白かったのかたくさん食べてくれた。羊を食べたと思ったので「それ羊？」と聞くと「違う、ライオンや」と答える。そう言えば、そうだったかも。まだボケてはいないようだ。

ひととおり食べて飲んだら「横にならせて」と言うので、トイレに連れていく。片付けて帰ると言うと、いつもの「風邪ひきなや」という台詞。思わず「もう立夏で夏よ。風邪なんか引かへん」と言うと、母は「夏風邪ていうもんがあるねん」という。意外としっかりとしていると思いながら部屋を出る。

5月22日（日）

いつもの時間に到着。今日は、夏物のシャツなどを持って来たので、部屋へ行って冬のシャツと入れ替えてからホールへ。相変わらず食は進まないようだが仕方ない。後片付けをして母のところに戻ったら、エプロンを床に下ろしていた。それで思わず「そんなんおろしたらアカンやんか！」と大声で言ってしまった。すると母はしばらく沈黙してから急に大声で「はい、分かりました！」と怒鳴る。当然のことながら、周りの皆がこちらを見るので頭に来る。それでまた「そんな大きな声で言わんでもいいやろ！」と応酬してしまう。後から考えれば黙っていれば良かったと思うのだけれど……。その後はお互いに気まずくてだんまり。

歯磨きをして部屋へ行くが、黙ってブラッシング。「コーヒー飲む」と尋ねるのも嫌だったので、そのまま外出の支度をして外へ。母の意向を聞くこともなく、いつものように商店街へ向かう。ふと母の歯磨き粉がなかったことを思い出して、ドラッグストアで買い物。バナナが安売りされているのを見て、母が「太郎のバナナが要るやろ」というのでそれを買う。暑さにうんざりしながら施設へと戻る。

部屋に戻ってコーヒーを注ぐと「ちょっとでいいわ」と言う。この頃あまりコーヒーを欲しがらない。お菓子も少しだけ。すぐに「腰が痛い」を言い出したのでトイレへ連れて行き、ベッドへ。ホールではレクリエーションのカラオケが始まっていた。それを耳にしながら母はベッドへ。後始末をしてから帰宅。

6月3日（金）

今日は津子と美術展へ行ったので、母の施設へ行ったのはおやつも過ぎた頃だった。2階ホールには居なかったので部屋へ行くと、ベッドでテレビを見ていた。

コーヒーを飲むかとジェスチャーするとうなずいてくれたので、起き上がるように言う。大仏プリンを見せると「食べる」と言い、「美味しい」と言いながら食べてくれた。その合い間に缶コーヒーを少しずつ飲んでいた。

途中、私の手がたまたま母の手に触れたのだが、その時に「あったかいなぁ、気持ちいいなぁ」と言う。母の手はいつも冷たい。以前はもっと温かかったように思えるのだが……。

食べると「腰が痛い」と言い出して外へ行きたがる。それで、少し片付けてから外へ出て、少し住宅街を回って施設へ戻る。トイレを済ませてからベッドに寝かせて帰宅。

6月9日（木）

少し仕事をしてから大学を出て、伊勢丹で買い物をしてからイノダへ。私より先に外人の青年が持ち帰りの所で待っていた。それで「このコーヒー、有名だから買っているの？」と尋ねたら、そうでもなかったようだった。それで、その青年に実は歴史のあるコーヒー屋さんで人気があるのだといったことを教えてあげながら、注文したコーヒーを待つ。自分のコーヒーが出来た彼は先に帰り、私のが出来た時にスタッフの方から「綺麗な英語を話されますね」と褒められた。そう言えば、さっきの青年にも同じことを言われたことを思い出す。とはいえ、私は英語を生業にしているのですもの……。

おやつの時間は過ぎていたが「コーヒーを飲む？」と尋ねるとうなずいたので、準備をする。今日のお菓子は、伊勢丹の地下にあるパン屋さんのハート型デニッシュ3種類。コーヒーを飲みながら、ハート型マドレーヌを食べてくれた。少しだけ外へ出て部屋へ送り届けてから帰宅。

6月19日（日）

今日は、お寺さんの日だったので、いつもより少し遅くなった。2階へ行くと、まだ食べているようだったので、先に部屋へ行って洗濯物等をチェストに収納してからホールへ。相変わらずほとんど食べていない。そこへヘルパーさんの責任者の方が来られて「榎並さん、鰻のかば焼きでなくてごめんね」とおっしゃったので、私が「いえ、穴子がいちばん好きなんです」と言うと「どっちも食べるよ」と母。

そんな母の左手はエプロンの上にあって、涎やこぼした水分などで袖口が汚れている。それで「エプロンの下に手を置くの」と言うと「分かった！」と大声で怒鳴ったのでびっくり。周りの人からも「びっくりした」と睨まれたので、「そんな大きな声を出さなくても」と母に注意するはめに……。

その後歯磨きをしてから部屋へ。カーテンを開けると強い雨で、母は「エライ雨やなぁ」と言っていた。今日のおやつはコーヒーとモロゾフのプリン。食べ終わると案の定外へ行きたがるので、玄関先をウロウロ。トイレへ連れて行き、帰る準備をしていると「雨が降っているから、気ぃ付けて」と言われた。

家に帰ると夕方にサクランボが届いた。それで母に持って行ってあげようと思い立ち、事務所と2階ナースステーションに1箱ずつ差し入れてから母の部屋へ。1日に2回も来たので驚いているようだった。車椅子に座らせてサクランボを出したが、1粒食べて「要らんわ」と言う。なんと愛想のない。それならもういいやと思って退散。ヘルパーさんに愚痴ったら「昼間怒ったからと違いますか？」と言われ、そうかもしれないなと思いながら家へ。

6月28日（火）

授業が終わってから雑用を済ませて伊勢丹へ。残念ながら、マールブランシェには母の好きなプリンがなかった。仕方なくチーズケーキとシュークリームを買って電車に乗る。

市役所の福祉課で、何かの軽減の手続きを済ませてから母の元へ。すでにおやつは済んでいて、母は自分のテーブルでテレビを見ていたが、車椅子を引っ張って部屋へ連れていく。

今日はチーズケーキでコーヒータイム。ケーキを1個食べたところで中断してトイレへ行き、その後外へ。郵便局へ行って用事を済ませてから戻る。「暑かったね」と母に言ったのだが、涼しげに「そんなことない」と言う。外を見ると雨が降り出した。再びコーヒーを飲んでからトイレへ。

補聴器を充電するが点滅が続いていて、ダメのようだ。帰ろうとすると「風邪引きなや」ではなく「雨が降ってるから、気ぃ付けて」と声をかけてくれた。

7月2日（土）

今日も暑い。母の傍へ行って、食べているかをチェックしてから部屋へ。食べ終わったトレイを返却する時に、看護師さんに「母の食事量をチェックしてください」と伝えたのに、食後の歯磨きをしている時に「どれだけ食べましたか?」と聞いてきた。思わず「はぁ?」と言ってしまうほど驚いた。不愉快だ。

部屋へ戻ってコーヒータイム。その後、少しだけ外へ出て部屋へ。そのタイミングでリハビリの方が来られた。「説明をしたい」とおっしゃったが説明なんて1分もかからない。要するに母のカルテにサインが欲しかっただけ。こちらからは、最近唾液が多くなっているので、口腔の練習が必要かもしれないと伝える。それでリハビリに加えると言ってくださった。

7月19日（火）

今日は9時から自分の診察。終えてから阿倍野近鉄へ立ち寄って、お菓子などの買い物を済ませる。母の施設に着いたのは、ちょうど12時だった。ホールを覗いてから荷物を置くために部屋へ。ホールへ戻って母の食事の様子を見守る。食後の歯磨きなどを済ませてから部屋へ。

今日は、丸福のコーヒーとクラブハリエのバウムクーヘン。しかしどちらも半分も食べてくれなかったのでがっかり。それからブラッシングなどをしてから玄関へ。暑いから、玄関の日陰を選んで車椅子を押しながらブラブラする。商店街まで連れて行ってやりたかったけれど、熱中症になるのではないかと心配でとどまる。そして再び部屋へ。

トイレへ連れて行ってから部屋へ。横にならせてから、帰る準備。母に帰ることを伝えてから自転車で帰宅。あまりにも暑過ぎて、ものも言いたくない。

7月29日（金）

いつもより少し遅れて到着。荷物を部屋へ置いてからホールへ。相変わらずほとんど食べていない。食べ終わったところで歯磨きをして部屋へ。そして、母の帽子を持ってそのまま玄関へ。

私が首に巻いていた保冷剤入りのタオルを母にさせて、私は帽子と腕カバーをして出発。久し振りになじみの寿司屋の「尚ちゃん」へ行き、母に鱧でも食べさせようと思ったからだ。

幸い店には誰もいなかった。母はいつものグラスビールと鱧の刺身、私は寿司定食にした。母は、「店が寒い」とか「ビールが冷たい」とか文句ばかり。私が座っている席と代わって少しマシになったようだが、ビールは最後まで飲まなかった。店主の尚ちゃんが「あれだけ好きなビールやのに、アカンなぁ」と言っていた。また暑い中、施設へ戻る。

部屋に戻ってから抹茶サブレでコーヒータイム。おやつを食べたら「腰が痛い」と言い出したので、トイレに連れて行く。トイレから部屋に帰る時に、レクリエーションをしているようだったので、「行く？」と尋ねるが返事はノーだった。仕方なくベッドへ。後片付けをして、母に挨拶をして部屋を出る。

8月13日（土）

昨日から大たちの家族が来てくれていたので、今日は彼らと一緒に母の施設へ。先にチビたちと大を母のところへ行かせて、私は荷物を置きに部屋へ行く。母の傍に行くと、入所している皆さんがチビたちを見て「可愛い」と言ってくれていた。チビたちも嬉しい様子。

母は相変わらず食べていない。食べるように言っても「要らん」と言うだけ。チビの一人である咲ちゃんが「ブロッコリー食べへんの？」と言うと、母は一切れだけ食べた。

歯磨きをしてから部屋へ戻り、母からチビちゃんたちにお菓子をプレゼント。そして、大の奥さんにお小遣いを渡す。ちゃんと説明した通りにやってくれたので嬉しい。

それから皆で玄関へ。何か食事でもと思ったが、お盆だったこともあってなかなか店に入れず、駅に向かって歩く。そこでたこ焼きを買って、持って帰って食べることになった。2階の談話室が空いていたので、そこで皆で食べた。母は3つ食べてくれたので嬉しい。皆が一緒だと食べるのかもしれない。

大たちが帰るのを母と二人で見送るつもりだったけれど、大が「この暑いのに、ねえねえ、歩いて帰るの大変やから車で送るわ」と言ってくれたので甘えることにした。

8月21日（日）

施設に着いて先に部屋へ行き、洗濯物などを収納してからホールへ。相変わらずほとんど食べていないのに、すぐに「外へ行ける？」と尋ねてくる。仕方なく「行きたかったら少しでも食べて」と言うとほんの少しだけ食べてくれておしまい。

前に座っておられる男性の方が笑って、私に「昨日来たはった背の高い人はお姉さんですか？」と言われたので「いいえ、妹です」と答える。明美にこれを言ったら怒るだろうな。

食事を終えて歯磨きを済ませてから部屋へ。今日は「コーヒーを飲みたい」と言うので準備をする。お菓子は、先日五条からもらったゼリーを食べてくれた。その後、涎などで汚れているスカーフを替えてから玄関へ。

隣の施設に入所している父の恩師の奥さんのところへ行き、受付で名前等を記入してからホールへ。以前とあまり変わらない表情をしておられたので安心した。そして母が和菓子を渡して、お互いに「気を付けて」を言い合って失礼した。たったそれだけのことだけでも暑い。

部屋へ戻って再びコーヒー、蕨餅など。これも全部食べてくれたので本当に嬉しかった。トイレを済ませてから横にならせて退室。

8月28日（日）

いつもと同じ時間に到着して2階へ。母の食事の様子を見守り、歯磨きを済ませてから部屋へ。

コーヒーを出し、いただきものの抹茶サブレを出す。コーヒーを少し、サブレを2枚食べたところで「外へ行ける？」と尋ねてくる。ブラッシング、暑さ対策などをしてから出発。

太郎の竹輪を買おうと思って踏切まで行ったが雨になりそう。母も「雨降るかも分からないから、帰ろ」と言ったので、中西さんで太郎の林檎を買う。この店へ行くと、店員さんがいつも母にきちんと挨拶してくださるので嬉しい。雨に降られることなく施設へ戻る。玄関ではリハビリの方が「お帰り」と言ってくださった。

部屋でもう一度コーヒーを飲み、トイレへ。母を寝かせてから後始末をして帰る準備。洗濯物を全て持って来たつもりが、エプロンだけ忘れていた。

9月4日（日）

いつもの時間に施設へ。相変わらずほとんど食べていなかったので、食べるように言う。しかし、今日は母の誕生日なので、なじみの寿司屋「尚ちゃん」へ連れて行くつもりだったので、それ以上何も言わなかった。

歯磨きを済ませて部屋へ。ブラッシングした後、暑さ対策をして玄関へ。そしてそのまま「尚ちゃん」へ連れていく。2組のお客さんがあったが、カウンターだったので私たちはテーブルに。母は鱧の造りとグラスの生、私は握りを注文。しかし、母は寒いだの腰が痛いだの言って、あまり食べてくれなかった。

駐車場まで戻って来ると、大の車が駐車していたのでびっくり。玄関まで行くと、彼らも玄関まで降りて来たところだった。母の誕生日だったから来てくれたのだとか。母も喜んでいて、私もとても嬉しかった。食事は済ませて来たというので、皆でココリコ（喫茶店）へ。

ココリコでは、アイスクリームや冷たいコーヒーなどを賑やかに注文。母も皆と一緒にサンドウィッチを食べていたので、さっき「尚ちゃん」で食べてくれなかったことの腹立たしさが少し収まった。

アイスを食べ終えたところで、チビたちを連れてお菓子を買いに行き、店に戻ったら誰もいない。「腰が痛いて言わはったから、帰ったわ」と店の方。で、私は下の子を抱っこして、上の子の手を引いて施設へ戻る。

部屋へ行くと、疲れたのか横にならせてもらっていた。大たちが遅くなるからと思って、母に「玄関まで送って行く?」と尋ねてみる。だけど、今日はその元気がないらしく、「行かない」と言うので私だけ玄関へ。おチビたちと挨拶をし、大たちにもお礼を言って別れた。本当に大は、良くしてくれる。

9月15日（木）

今日は朝から眼医者さんへ行ってから母の元へ行ったので、おやつの時間になってしまった。荷物を置きに部屋へ行くと、母の誕生日のお祝いカードが置いてあった。

ホールへ行くとおやつの最中で、入所者さんが「姉ちゃん、今日は9月の誕生日会やったで。お母さん9月やろ」とおっしゃった。それで部屋にカードがあったのだと納得。母に「誕生日会やった？」と尋ねるとうなずいてくれた。

部屋へ戻って着替えさせて化粧水を塗る。そしていつものようにコーヒータイム。今日はお月見なので月見団子。最初にアンコばかりを食べ始めたのにはびっくりしたが、お餅のほうも小さく切ったら綺麗に食べてくれた。だけど、今日は特に涎が多いように感じ、気になる。

9月25日（日）

今日は施設の秋祭りの日。車では来ないようにと言われていたので歩いて行ったのに、皆車で来ていた。正直者は馬鹿を見るということか……。

玄関で模擬店のチケットを買ってから、2階へ行くと扉の暗証番号が変更されたとのこと。

それで、玄関へ戻って開けてもらう。今日は祭のために開いた状態だが、次回からは職員が開けますとのことだった。

いつものように、食事の様子を見守ってから歯磨きをして部屋へ。部屋では化粧水等を塗り、ブラッシングをした後、玄関へ。なるべく陰で、トイレも行きやすい場所に母の車椅子を置く。模擬店は2時からで1時から式典等があった。

待つのが長かったので、津子にメールしたら買い物に行く途中に寄るとの返事。母とテントの下で待っていたら、スタッフのSさんが来られて、扉の暗証番号の件を説明してくださった。認知の方が誰かに暗証番号を教えてもらってメモをし、自分で扉を開けて自宅に帰ってしまったとか。それでオペレーションが変更になったらしい。

祭は施設長さんの挨拶から始まって、地元の中学校の吹奏楽や長寿の方の表彰、職員の方々の踊りなどが行われた。途中で津子が来てくれたので、少し気分転換になった。ようやく屋台が始まったので、母を連れて飲み物やたこ焼きを買いに行く。津子の旦那さんの尚司さんも一緒に食べた後、彼女たちは買い物に出かけて行った。私たちは建物の中に入り、輪投げ、コイン落とし、ラムネの掴み取り、射的などをやった。

その後トイレに連れて行き、部屋へ戻る。横にならせていつもの会話をしてから、部屋を出る。職員の方々にお礼を言って帰宅。疲れた。

10月7日（金）

いつもの時間に行くとまだ食べていたので、先に部屋へ行き、洗濯物を収納してベッドを掃除。それからホールへ。珍しく、少し食べてくれていた。「今日のお味は、口に合う」のだとか。たまにはこうでなくっちゃ！

食後の歯磨きや身支度などを整えて外へ。秋らしい天候だが、少し日差しが強い。いつものように商店街へ行こうと坂を登り始めたら、津子の姿が見えた。急いで追いかけたのだがなかなか追いつかない。「津子」と呼んでも聞こえないようだ。そしたら母が「依ちゃん」と呼んでくれてようやく気づいたようだ。

津子が待ち合わせをしているという場所まで3人で行き、銀行や買い物などを済ませて施設へ戻る。部屋でいつものようにティータイム。今日はコーヒーとハラダのラスク。コーヒーは少ししか飲んでくれなかったけれど、ラスクのほうは良い音をさせて食べてくれた。この頃、あまりコーヒーを飲まなくなった。

ベッドに横にならせる時に「明日は明美が幼稚園の運動会で来れないから、私が仕事の帰りに寄るから」と伝えた。そして洗濯物などを持って部屋を出る。

10月15日（土）

昨日に続いて今日も暑い。今日は大が車で来てくれて皆で泊まってくれる予定だから、私は歩きで母の元へ。２階を覗くと、相変わらずほとんど食べていない。母の食事の様子を見守りながら他の入所者さんと話をしていると、「おお～！」という声。見ると母の前に座っている人が、「いつも、小さくパンをちぎって食べてはるのに、大きいまま口に入れはったからびっくりした～！」とおっしゃった。母にそのことを話したら、その方を見て笑っていた。

ゆっくりと食べた後、歯磨きを済ませて部屋へ。服を着替えさせてから化粧水をつけ、ブラッシングをしてから外へ。今日はお祭で、しかも土曜日だということもあって人出が多い。五条の太鼓を見つけたので「敏ちゃん！」と声をかける。笑顔で「ここまで来たんかいな」と言って傍に来てくれた。その太鼓を見送ってから施設へ戻る。ちょうど大が「扉を開けてください」と言っているところだったので皆で部屋へ。「食事は？」と尋ねたら「ラーメン食べてきた」と咲ちゃんが言うので、談話室でおやつを食べながら話をした。

母からチビちゃんたちに、ハロウィーンのお菓子を渡してもらった。その後、トイレに連れて行き、ベッドに寝かせて「また明日来るから」と言って皆で一緒に帰宅。

10月21日（金）

いつもより少し遅れて施設に着くと、食事は終わっていた。歯磨きを終えてから、部屋へ連れて行き、身だしなみを整えてから外へ。いつものように商店街へ向かうと、良い天気で気持ちが良かった。いつもより長めに散歩をして、買い物などを済ませて施設へ。今日はコーヒーとプリンでおやつ。

食べ終えたので片付けようとしたら地震！「揺れてる」と母に言った後に強い揺れが来て、気づいたら母を抱きしめていた。施設の大きな建物が揺れるのは怖い。もしこのまま揺れが続いたら、車椅子の母とどうして逃げて行けばいいのかと考えていた。また、これが夜だったりしたら、ヘルパーさんたちは入所者をどのように避難させてくださるのだろうかとも考えていた。

揺れが収まったので、部屋を片付けてトイレへ行き、皆が集まっているホールへ連れて行った。一人で部屋にいるより、皆と一緒にいるほうが心丈夫で怖がらないだろうと思ったからである。

11月3日（木）

今日は祝日だったけれど入試の面接で出勤だったので、終わってから母の元へ。2階へ上がるとおやつの途中だったようなので、壁際で母の様子を見守る。すると、母の前に座っている方が席を立ってこちらに来られた。「あのな、奥さんにエライ怒られてん。心配して言うてるのにな。怖いからこれからもぅ絶対言わへんから」と厳しく言われた。「申し訳ありません」と何度も頭を下げて謝るしかない。

部屋でコーヒーを飲んで、身支度を整えてから外へ。今日は風が強いのでどう言うかと思ったら、案の定玄関を出るなり「寒い‼」と言う。それでもそのまま少しウロウロする。

そして車椅子を止めて母に言う。「皆ママさんのことを思って食べなさい、て言うてくれたはるのに、大きな声で怒鳴るのは失礼よ。自分の感情を人にぶつけるのはハシタナイことや。あの方にもそうやし、明美にもや。明美は遠くから来てくれてるのに、そんなことしてたら、もう来てくれないよ」と。それを聞いた母は、横を向いて大きな声で「はい、分かりました！」と言うので「それがいかんて言うの」と言うと、今度は「寒い！」と言う。「そんなことを続けたり、御飯も食べなかったら私も来ないからね」と言うと、また「寒い！」と大きな声をあげる。「今までそんな調子でわがままばっかり言うてきたみたいやけど、いい加減にせな」とも言う。そして「前の方に怒鳴ったことを謝りに行こ」と言うとうなずいてくれた。

その方の部屋へ行くと眠っておられたが、「すみません」と言ったら、起き上がって補聴器を掛けられた。それを確かめてから母が「すみませんでした。娘に怒られましてん。えらいすみませんでした」と何度も頭を下げて謝っていた。私も一緒に謝る。

11月10日（木）

今日も卒論指導があったので、いつもより少し遅め。伊勢丹でいつものプリンやシュークリームなどを買って施設へ。部屋に入ると横になっていたので「コーヒー飲む？」と聞いてみる。うなずいて起き上がってくれたので車椅子に乗せる。コーヒー少々とプリン1個を食べてくれた。コーヒーを飲みながら「もう1個食べよかな？」と言うのでもう1個出す。食べていたらヘルパーさんが来られて、「榎並さん、腕のリハビリですけど」とおっしゃる。それを聞いた母は「痛いから」と言って断ろうとするので、私が「ママさん、痛いけれど我慢してリハビリしよう。いつまで経っても家へ帰れないから、頑張ってしよう！」と言って準備。「トイレは？」と聞いたら「終わってから連れて行きます」とのことだったのでお願いすることにした。

後片づけをして帰る途中、天井から下がっている赤いベルトを引っ張っている母の姿が見えた。

11月16日（水）

今日は眼科の診察を受けてから母の元へ。今日のお昼は施設を出て、皆で和食屋さんで食べたそうだ。天ぷら、餃子、そしてビール半分を注文したと聞かされたけれど、あまり食べなかったらしい。

2階のホールにはいなかったので部屋へ。横になっていたので「コーヒー飲む？」と言うと起き上がってくれた。車椅子に移動させてから、シャツを着替えさせてコーヒータイム。今日はケーニヒスクローネのバターケーキを用意したけれど、美味しいとも不味いとも言わず、黙ってただひたすら食べている。

食べ終えて身支度を整えてから外へ。少し風があったので、外へ出るなり「寒いわ」と言う。仕方なく早々に中に入ると、スタッフのＳさんが出て来られて、今日の食事会の写真を見せてくださった。餃子と天ぷらが母の前に置いてあって、母の右手には陶器のコップ。Ｓさんが「ビールと分からないように、陶器のコップなんですよ」と教えてくださった。あまり食べなかったようだけれど、楽しそうにしていたので、まぁ、良いかと思った。写真をファイルに入れて「証拠写真です」と言って渡してくださったので、それを持って部屋へ戻る。

11月25日（金）

今日は納車。その後御祈禱を受けに行ったので、いつもより遅く母の元へ。部屋に行くと横になっていたので、起こしてから化粧水等をつけ、ブラッシングをして外へ。

暖かくて風もなかった。玄関で母に車のことを言う。前の車の時は母が最初に乗ってくれて父の病院まで行ったのに、と思うと悲しくなる……。その後、いつものように商店街へ。

旧豊寿司を覗いて、敦子さん（従兄弟の妻）に手を振って北へ。森田肉屋さんでソーセージ等を買ってから中西果実店に寄って施設へ戻る。

部屋に戻って、吉信の「つばらつばら」でコーヒータイム。母はこのお菓子が好きなようだ。食べ終わってトイレに連れて行こうとしたら、師長さんが来られて「月曜日から面会の時には事務所に声をかけてください」とのこと。多分、暗唱番号漏れの件があったので、それの打開策ができたのだろうと思う。明美にも伝えておかなければ。その後トイレに行き、部屋に戻って着替えさせてからベッドへ。「明日、また来るわ」と言うと「頼むわ」と応えてくれた。

12月6日（火）

久し振りに早めに職場を出られたのに、伊勢丹で母の好物を買ったりしていたら遅くなってしまった。母の施設へ行く前に、敦子さんの店を覗く。するとガラス越しに見えていたらしく「見えてるよ」と言って出て来てくれた。店内は、お祝いの花が沢山あって、お花をお祝いしても置くところがないなと思いながら見ていた。

ホールではまだ母だけが食べているようだったので、部屋へ行って洗濯物を収納してから再びホールへ。母の後ろに立って様子を見ていた。食べ終えてから部屋へ。着替えさせて、化粧水等をつけて、ブラッシングもしてから、防寒対策をして外へ。

玄関を出るなり「寒いなあ」と母。今日は風が強いので余計に寒く感じる。それで、部屋へ戻ると言うかな？　と思ったけれど、黙っていたので坂を登り、敦子さんの店まで行く。綺麗になっていることを見せて引き返す。

部屋に戻ってコーヒーとプリンで一服。食べ終えてからトイレへ行き、ベッドに寝かせる。いつものように帰る準備を始めると、いつものように「もう行くの？」と聞いてくる。「うん」と言いながら荷物をまとめ、明日は明美が来てくれること、明後日は私が来ることなどを伝える。すると「無理せんでいいで」と言うので「それなら来なくて良いの？」というと「いいや、顔は見たいけど」と言う。「どっちやねん」と、突っ込みを入れたくなる。それを言って、部屋を出る。カード式になったので、出入りするたびに「扉を開けてください」と頼む必要がなくなって嬉しい。玄関でカードを返却して帰宅。

12月18日（日）

昨日から大や明美たちが、従兄弟の仁孝ちゃんのお店の開店祝いに行くために来ていたので、今日は私も含めて7人で母の元へ。チビたちは先に母の傍に行くので、私は、部屋へ行って、洗濯物を収納してからホールへ行く。チビたちは母の傍にいたり、ホールを歩き回ったりしていて、入所者さんたちに「可愛いね」と言われて嬉しそうにしている。

私は母の側まで行って食べるように促す。おチビちゃんたちにも「『食べ』て言うてね」と言ったりして。食後の歯磨きを済ませると、下の莉っちゃんが車椅子を押してくれた。どうやら車椅子を押したくて仕方がないようで、小さな体で力一杯押してくれる。

それから化粧水等を塗ったり、ブラッシングした後に談話室へ。大がお弁当を買って来てくれていたので、皆と一緒に談話室で食べた。私がハンバーグ弁当を食べていると、横にいる母が半分くらいハンバーグを食べたのでびっくり。明美も驚いていた。確かに美味しいハンバーグだったけど、皆と食べたら美味しいとか何とか……。

食事が終わった後、母は大や田川さんにお小遣いを渡す。その様子を見ていた明美が「私にはないの？」と母に尋ねると、母は人差し指で空中に「×印」を作ったので皆で大笑い。

その後母が「外へ行きたい」と言い出したので、しっかりと防寒して駐車場を3周くらい回ってから部屋へ戻る。次女の莉っちゃんがずっとくっついて、車椅子を押してくれていた。小さいのに頑張るなぁ、と感心する。部屋へ戻る前にトイレを済ませ、ベッドに寝かせて帰る準備。それぞれが母に挨拶をして部屋を出る。

12月27日（火）

昨日からダスキンさんに家の掃除をお願いしているので、家をそのままにして出掛ける。おやつはクラブハリエのバウムクーヘン。いつもと同じように母の食事を見守る。

その時、言うことを聞かない入所者さんにヘルパーさんがキレて、スプーンをテーブルに乱暴に置いて「勝手にしぃ‼」と席を立ってしまう様子を目撃。もしかすると、言うことを聞かない母も同じように乱暴にされているのかと思うと、少し悲しく思った。

その時、突然母が「歯、痛い」と言う。どうしたのかと尋ねたら、何かが当たったら痛いと言う。年末でもう歯科の先生の診察も終わりかもしれないので、一応言うだけ言っておくからと、母に伝えた。その後、歯磨きをしてから部屋へ。

いつものように化粧水等を塗ってからコーヒータイム。少し外へ出て、買い物などを済ませてから施設へ戻る。トイレを済ませてベッドに横にならせる。すると、近くの部屋から「年賀状……」と言う声が聞こえていた。そして母にも言いに来てくださった。どうやら「年賀状を書きましょう」ということらしい。母に聞いてみると「腰が痛いから行けへん」と言うのでお断りする。いつものように帰り支度をして部屋を出て、ナースステーションで母の歯の件を伝える。ちょうど今日まで歯科の先生が来ておられるとのことだったので、診てもらうように頼んで帰宅。

12月29日（木）

母の施設へ行くと、年末だからか訪問客は少ないようだ。母の近くで食事の様子を見守る。その時、母の隣のベッドの方が席を立って、洗面所の方へ行こうとして歩き始めた。だけど彼女は歩行器が必要なので危ない。大きな声で「ダメですよ、ダメ、ダメ」と言いながら走って歩行器を取り、彼女の所まで持って行った。入所者さんと話しておられたヘルパーさんが「すみません」とおっしゃったけれど、転ばれたりすると大変だから、やはりホールを時々見渡さないと、と思う。

歯磨きを済ませて防寒対策をして少しだけ外へ。部屋へ戻ってからコーヒータイム。今日のおやつはスターバックスのコーヒーと茶の菓。その時ヘルパーさんが「すみません、ベッドを拭かせてもらっても良いですか?」と入って来られた。掃除をしてもらいながら母が食べているお菓子を「どうぞ」と言って渡すと、「上等そうなお菓子ですね」と言って1枚取られた。「並んで買うんです。京都では有名なんですよ」と私。「京都まで行かれるんですか?」「勤めが京都ですから」「違う方も来られてますね」「あれ妹なんです。私は仕事があって、毎日来られないから。今は、冬休みだから良いのですが……」「と言うことは学校の先生ですか? 高校ですか?」「いいえ大学です」「えぇ? それなら教授ですか?」「そうです。でも、誰だってなれますよ」と私。「それに、私に英語やピアノ、ゴルフを教えてくれたのは、この母なんですよ」「えぇ? お母さん? モダンやったんですね」「モダンではありません、不良と言ってください」と私。この話をしている間、母は、茶の菓を一人で食べていた。

◎2017年1月2日(月)

11時前に奈未ちゃんから「今、出ました」とメール。12時過ぎに自宅まで来てくれて、すぐに車に乗せてもらって母の元へ。中には妹の夫田川さんもいて、明美は先に母のところへ行っているとのこと。正月だから明美は来ないと思っていたので、すごく嬉しかった。

2階へ行くと明美が母の横に立ってくれていたので、私は部屋で待つことに。チビたちと待っていたけれど、時間がかかっているので様子を見に行く。母はマイペースで歯磨きをしていた。歯磨きを終えた母に、明美は「一人で部屋へ行き」と言う。すると莉っちゃんが母の車椅子を押し始めた。自分の背丈より高い位置にある車椅子の取っ手を持って押し始める様子を見て少しホロリとした。そこへ姉の咲ちゃんも来て二人で押し始めた。危なっかしかったが、後ろから見守った。

部屋で化粧水などを塗っていたら、明美が「そんなん、鏡見せて自分で塗るように言い」と言いながら、引出しから鏡を取り出して母に手渡す。それで母と二人で化粧水などをつける。その後皆で談話室へ。

母がテーブルに着いたところで、母からお年玉を渡す。おチビたちにはアンパンマンののし袋、明美に、そして大に。みんな喜んで受け取ってくれた。みんなで一緒にお茶を飲みながらひとときを過ごす。明美が「今日は急ぐから」と言い出したので、母をトイレに連れて行ってからベッドへ。皆が母と握手してから外へ。私を家まで送ってくれた。

1月8日（日）

朝から強い雨だったけれど、いつもの時間に母の元へ。栄養士さんから母の「虫歯治療を来週から始める」と言われる。去年から聞いていたことなので、「ぜひお願いします」と伝えておく。

母が食べている様子を見ていると、ふとエプロンが裏返しになっていることに気づく。せっかく撥水加工がしてあるのに、裏になっていては意味がない。それで部屋へ戻り、マジックペンでエプロンに「表」「裏」と大きく書く。母に「裏と表があることをちゃんとヘルパーさんに言って」と言う。うなずいてくれたけれど、どうだろうか……。

歯磨きを済ませてから、部屋へ戻ってコーヒータイム。今日はウェザーフォード先生に頂いたクッキー。母が好きだろうと思ったが、案の定一口食べるなり「美味しい」という仕草をしてくれたので嬉しかった。激しい雨が降っている様子を見ながら、二人でコーヒーを飲み、クッキーを食べる。

母の肌がカサカサになっているのが気になるけれど、ヘルパーさんに言っても「塗ります」とその時には塗ってくださるが継続的ではないようだ。身だしなみを整えながら肘のあたりの汚れを取ろうとウェットティッシュで取り始めたら「痛いやんか‼」と大声で怒られてしまった。それで私も思わず「何も強くしてないやんか‼」言い返す。すると「私の身を引っ張ったやんか‼」と言うので「身なんてないやんか！」というと「筋や‼」と言う。ホント口だけは達者である。

1月13日（金）

いつもと同じ時間に母の元へ。先に部屋に荷物を置いてからホールへ。母の様子を見ると、相変わらず食は進まないようだ。今日もいちばんビリで食事を終えた。周りの様子を全く意識していないようで、昔はそうでなかったはずなのにと思うとイライラする。

身だしなみを整えてから防寒の準備をして外へ。風が強くて寒かったけれど、お日様も出ているので平気なのか、帰ろうとは言わない。お稲荷さんの辺りまで行くと、「寒いから帰ろ」と言うので引き返す。動物病院の庭で、サルーキーという犬が散歩していた。珍しいのでちょっと話をする。するとその最中に「寒い！　帰ろ！」と言い出す。人が話している時に自分のことしか考えない母は、本当に腹が立つ。これが自分の母かと思うと余計だ。

部屋に戻ってコーヒータイム。クッキーをコーヒーと一緒に食べてくれた。トイレへ連れて行き、ベッドに横にならせる。後片付けをしていると「寒いから、風邪引きなや」と言ってくる。そんな母はお祖母ちゃんとそっくりだ、と感じながら帰宅する。

1月28日(土)

今日はお風呂の日だったので、洗濯物を持って行く。インフルエンザが流行していて面会謝絶の施設が多いなか、母のところは10分くらいの面会なら許可されている。まず玄関で体温を測ってから談話室へ。スタッフの方に洗濯物と買ってきたティッシュの箱を渡して、母が来るのを待つ。

母は面会が出来ない状況を飲み込めていないので、機嫌が悪そうだ。そこへリハビリの方が来られて「少しお話、良いですか?」と言われたので、リハビリの段取りについて聞く。それがなぜか去年の話だったので、今頃? と思いながら黙って聞いていた。そして「何か気になることは?」と言われたので、左足が曲がってきて力が入っていないこと、左の靴底の減りが少ないこと、左手を強く握ったままなので掌に垢が溜まっていることなどを伝えた。

その後、二人でコーヒータイム。母が食べているのをじっと眺めていたら、すぐに10分が過ぎ、先程の看護師さんが母を迎えに来られた。残ったお菓子は「皆で食べて」とヘルパーさんに差しあげる。車椅子が動き始めると、母は私の方を向いて「外へ連れて行ってくれるの?」と言う。やはり、状況を読み込めていないようだ。私が「今日は行けないから」と言うと残念そうな顔をして部屋へ帰って行った。

3月5日（日）

面会が出来るようになったので、久し振りに母の施設へ。沢山の荷物を持ち、面会の手続きを済ませて2階へ。部屋へ行き、持って来た洗濯物を収納しようと思ったら、タオルがたくさんあって入らない。仕方なく紙袋に入れてホールへ。

母に雛祭りの行事について尋ねるが、あまりよく覚えていない様子。私のほうは津子や孝ちゃん、さこちゃんから色んなお寿司をもらったことを母に話した。「寿司ばっかりだから、しばらくお寿司は要らないわ」と言うと、母は、笑っていた。

歯磨きをしてから、久し振りに化粧水や乳液などを塗る。身だしなみを整えて、防寒対策をしてから外へ。玄関を出るとすぐに「寒いなぁ！」と言うが、帰るとは言わないのでそのまま商店街へ。お稲荷さんの辺りで「寒いから帰ろ」と言うが、少し用事を済ませてから施設へ。

部屋でのコーヒータイムも久しぶり。食べ始めた頃に「ここ?」と言う子供の声が聞こえてきた。どなたかのお孫さんが来られたのだろうと思っていたら、大のところのおチビたちだった。みんなで長崎の友人、節ちゃんから送られた桃カステラを食べてコーヒーを飲む。母も喜んでいるようだ。

おチビたちが「苺が欲しい」と言い出したので、母に一緒に行くかと尋ねると「腰が痛いから横になる」と言う。それで、後片付けをしてトイレへ連れて行き、ベッドへ。母は、まだおチビたちがいるのに、横になるとすぐにテレビに見入っている。

外へ出て、皆で商店街へ向かう。お稲荷さんの前で藤本さんの奥さんと多津子さんに会う。「お父さん、お元気ですか?」と尋ねたら、お母さんが手で×の形をされた。「お母さん、ケンカしたら駄目ですよ」と言うと、その×が今朝亡くなったという意味だった。ショックで何も言えなかった。それを聞いてから多津子さんの顔を見たら、泣きはらした顔だったことに気が付いた。疲れが出ないようにと言って、藤本さん親子と別れる。商店街で苺を買い、他にも用事を済ませてから帰宅。少し休憩してからお悔やみへ。

3月16日（木）

教授会が終わってから、京都駅でおやつ等を買って母の元へ。4時前だったのでホールを見るが、母は居なかったので部屋へ。部屋に入ると、眠っていたので起こす。だけど「痛い」と言って動いてくれない。それでも起こそうとしたら大声で「痛い!」と言って叫び、挙句の果て泣き出してしまう。

困ってそのまま帰る準備をしてナースステーションへ行くと、看護師さんから「朝に電話したのですが……」と呼び止められる。聞くと「母があまり痛いと言うのでひとまず整形外科に連れて行ってください」とのこと。「いつですか？」と尋ねると、今日でも明日でも明後日でも、とおっしゃる。それで、明日の金曜日に連れていくことにする。先に紹介状等を持って行ってくださるとのことなので、母のところへ引き返して、明日病院へ行くことを伝え「明日の朝来るから」と言って帰宅。何だかとても疲れた。

3月17日（金）

11時前に母の施設へ行き、眠っている母を起こす。母は「今、痛いからもうちょっとしてから」と言うが、そんなことを言っていられない。看護師さんが来てくださって、車椅子に乗せてくださった。ケープを羽織らせて玄関へ。

医院で受付を済ませてからも、何度も「痛いから帰ろ」と言い、「痛い」と大きな声で繰り返す。ようやく順番が来てレントゲンを撮るのだが、何度も「痛い」と叫ぶのでなかなか終わらない。

ようやく終えて診察室へ。レントゲンを見せてもらってもあまりはっきりと理解出来ないけれど、要するに第五頸椎圧迫骨折とのことらしい。そして「何かハプニングがあったと思う」と先生はおっしゃったが、施設で聞くわけにもいかない……。全治2カ月とのことで、しばらくは痛いと思うと言われた。

施設の部屋に戻って昼食。看護師さんがベッドを起こしてくださるのだが、母は「痛い」を連発。なんとか食べさせようとするのだが食べてくれない。しかし、なんとか食事とおやつを食べさせて、食器を片づけて帰る準備。ベッドも横にしようとするが、立てたままで良いと言う。それで、ナースステーションに寄ってヘルパーさんに「お願いします」と声をかけてから玄関へ。入院にはならなくて良かったけれど、疲れた。

3月28日（火）

いつもの時間に母の元へ。母がテーブルにいることを確認してから先に部屋へ行き、荷物を置いて再びホールへ。母の前に座っていらっしゃる男性の入所者さんが「全く食べはれへん。あかんで！」とおっしゃる通り、全く食べていない。そんな母の様子を見守りながら、今朝、庭に鶯が来て「ホーホケキョ」と元気よく鳴いていたことなどを報告する。少しは、春を感じてくれるかなと思ったから。

デザートのゼリーを食べて歯磨きへ。部屋へ戻ってから、いつものようにコーヒータイム。母にコーヒーとお菓子を食べてもらいながら、左手の爪が長いことに気づいたので、爪切りを借りて切る。母は「痛い！」と言って怒っていたが、なるべくそっとするからと宥めてなんとか切る。同じように右手の爪も。

化粧水を付けたり、ブラッシングをしたりして身だしなみを整えてから外へ。玄関を出て太陽の当たる場所へ行くが、「寒いから入ろ」と言うので部屋へ戻る。ヘルパーさんに手伝ってもらってベッドへ移動。大きな声ではなかったけれど、やはり「痛い！」と何度か叫んでいた。

4月6日（木）

大学のオリエンテーションを終えた後、おやつの時間に合わせようと、伊勢丹で時間を潰す。おやつなどを買ってから母の元へ。

施設のおやつは、ドン（父の愛称）が好きだった今川焼き。見守っていると、フォークで割ろうとしたが、割れなくて手で食べ始めた。まっ、それでも良いか。なんとか食べ終えた母を連れて部屋へ。持ってきた洗濯物から選んで着替えさせてから、コーヒータイムの準備。イノダのコーヒーとマールブランシェのお菓子を用意した。見せるとプリンを食べたいと言うので食べさせる。

化粧水を塗り、ブラッシングをしてからヘルパーさんを呼びに行く。すぐに来てくださって横にならせてもらったが、相変わらず「痛い」を連発する。そんな母の様子を見て、ヘルパーさんが「気候のためなんかな？　一時、言わへんかったのに」とおっしゃった。そうか、気候も影響するのかと思った。それから帰る準備をして、母に「また明日来るから」と言うと「頼むわ」と手を上げる。

帰り際にスタッフの方から、4月以降のスケジュールについての説明があった。骨折の影響で目標が少々変更になっているとのこと。痛いからといって体がなまってしまわないように姿勢を正す、といった目標が掲げられていた。早く骨折が治って、痛みがなくなってほしいと祈らずにはおられない。

4月15日（土）

昨日、母がずっと同じ向きに寝てテレビを見ているので、ある程度動かして同じ向きばかりにならないように注意をしてくださいと言われた。帰宅してから具体的にどうすれば良いかを考えたけれど、やはりベッドとチェストの場所を入れ換えるしかないと思った。それで、延長コードや手袋などを準備してから母の元へ。

スタッフの方にそのことを伝えると、男性スタッフが総出でベッドとチェストを動かしてくださった。おかげであっと言う間に移動は完了。ホントに助かった。結局、延長コードも必要がなかった。

それからいつものように食事の様子を見守って歯磨きを済ませ、部屋へ戻る。外へ連れ出そうかと思っていたけれど、ベッドに横にならせてもらったので、そのままにして帰宅。

4月20日（木）

大学院の授業が終わってから母の元へ。受付をしていると話があると言われた。どうやら、体の向きを変えたことで動かせるほうの手が体の下になってしまって、動かすことが出来なくなったということらしい。そうなると全介護の状態になってしまうし、動かせるほうまで動かせなくなってしまうかもしれないとのこと。それで明日には病院で診てもらうことになっているので、その時に先生に確認してみるということでまとまった。

夕食のテーブルに着いている母に、「また明日来るから」と伝えてから帰宅する。

4月21日（金）

母を病院へ連れて行くために早めに施設へ。身だしなみを整えて上着を着せてから病院へ。患者さんは少なく、わりとすぐにレントゲン室へ行くことができた。1カ月前のような叫び声ではなかったが、まだ「痛い！」とは言っていた。診察室へ入ってレントゲンを見る。私には変化が分からないが、少しはマシになっているようだ。

説明を受けてから、前日にヘルパーさんと話したことを先生に相談する。ヘルパーさんが心配しているような「骨が曲がってしまう」ことがあるのかどうかと尋ねると、「そんなことはない」とのことだった。しかし、また元に戻そうと思う。

病院を出てから母と一緒に、なじみの寿司屋「尚ちゃん」へ。母はメニューを見て「きずし」と言う。ビールを頼んで二人で食べる。お寿司もビールもそれぞれ半分くらいは食べてくれた。

施設の部屋へ戻ってコーヒータイムにしたが、あまり食べてくれなかった。一段落したところでおしめの交換に来られたので、私は帰る準備をする。

5月6日（土）

大たち一家と一緒に母の元へ。全員で2階へ行き、母の食事を見守る。私は持ってきた洗濯物を収納するために部屋へ。ホールへ戻ろうとしたところで咲ちゃんが来て、「大婆、ほとんど食べてないわ」と私に言う。不思議で仕方がないのだろう。

様子を見るとほとんど食べていないが、食べたくないらしい。仕方なくトレイを返却して歯磨きを済ませて部屋へ。身だしなみを整えてから談話室へ行き、皆で一緒に弁当を食べる。

皆と一緒なら何か少しでも食べてくれるかと思ったが、全く何も食べてくれない。しかも、何も話さない。莉っちゃんが「物言われへんの？」と不思議そうに尋ねる。何も食べず、何も話さないというのは、周囲に合わせようとする気持ちがないわがままだと感じてしまう。

食べ終えて駐車場に出ても、母はじっと咲ちゃんを見ているだけ。「大と良く似てるな」と言うと、再びじっと咲ちゃんを見る。それで、私が母の車椅子を押して鬼ごっこをしようと提案した。楽しそうな咲ちゃんの顔を見て、母も少しは和んだのだろうか？　汗をたくさんかいて、そのまま2階の談話室へ。

母からおチビちゃんたちや大にお小遣いを渡してもらってから、ヘルパーさんにベッドへ移乗してもらう。あとはヘルパーさんにお願いして、私たちは部屋を出る。

5月11日（木）

夕食の時間に着いたが、テーブルにいない。嫌な予感がして部屋へ行くと、ぐったりしていた。熱が出ているようで、その上点滴まで。看護師さんが来られて熱が出ているので、点滴をしていることを知らせてくださった。

手がグローブのように腫れていてかわいそうだったが、できることもないので持ってきた洗濯物を収納して帰り支度。そこへ看護師さんが来られて「熱があるので、明日にでも病院に行ってください」とのこと。帰宅してぐったり。入院は、覚悟しなければならないようだ。でも、それで母が楽になるのならばそのほうが良いと考えよう。

コラム④　介護保険サービスを受けるには時間がかかる

高齢者や体の不自由な人をサポートする介護サービスは沢山あります。しかし、申し込めばすぐに利用できるというものではありません。利用にあたっては、まず「介護サービスが必要である」という要介護認定を受ける必要があります。その認定を受けたうえで、ケアマネージャーにケアプランを作成してもらわなければ、介護保険サービスを受けることはできないのです。

- 地域包括支援センターに必要書類等を提出して申請する
- 訪問調査を受ける
- ケアマネージャーが聞き取り調査を行って判定する
- 介護認定審査会が要介護認定区分の判定を行う

介護が必要になると、介護の専門職であるケアマネージャーがプランを立て、そのプランに従ってサービスを利用することになります。したがって、どのような方にケアマネージャーになっていただくかがとても重要だと感じました。利用する側が任命することができるので、なるべくケアされる人のことをよく知っている人、あるいは人柄の良い人などを選ぶようにしましょう。

また、母を自宅に戻すために、自宅が介護に適した環境かどうかを見ていただく必要もありました。たとえば、車椅子のままトイレやお風呂まで行けるかどうか、どのような場所にどのくらいの段差があるのか、といったことをきちんと調べる必要があるのです。そのようなケースでは、家の玄関などの見取り図を描かなければならない時があります。要介護の認定を受ける時には、あらかじめ家の見取り図を用意しておくほうがいいかもしれません。

それとリフォームなどを行うタイミングに関しても注意したほうがいいでしょう。我が家の場合、必要になってからでは遅いということで、1階は早めに全てバリアフリーにしてありました。しかし、トイレには手すりをつけていなかったのです。それを指摘されたので急いで取り付けることにしたのですが、介護認定を受けた人のために必要だ、と言われてから必要なリフォームを行えば補助を受けることができるのだそうです。手すりは勿論ですが、バリアフリーなどの大規模なリフォームに関しても補助があります。我が家は早めにリフォームを行っていたので、残念ながら補助を受けることはできませんでした。早めに準備しておくことも大切だとは思いますが、必要に応じてというのもあっていいのかもしれません。

第5部 介護老人保健施設を拠点に入退院を繰り返す日々

5月12日（金）

10時頃にスタッフの方から電話。すぐに行きますと言って介護タクシーで病院へ。それから延々待たされて、ようやく主治医との面談。気の強そうな女医さんだった。母のある数値が異常に高くて、この数値から判断すると、昨日や今日で肺炎になったわけではないと言われる。もっと早くに気が付いてやっていればと思うと、母に申し訳なく思った。

1週間くらいのことなら個室のほうがいいかと思って個室に。入院にあたっての手続きや準備するものなどを教えられる。その間にも母の痰を取りに来てくださる。苦しそうにもがく母を見るのはとてもつらい。

しばらくそばにいて紫色になった両手を擦っていたが、入院の手続きや、家や施設から持ってくる物などの準備をするために外へ。施設へ行き、先生や看護師さんに状況を話し、役所や銀行に寄ってから一旦帰宅。メモを見ながら、病院へ持って行くものを準備して再び病院へ。

しばらく病室にいたが、母はずっと眠っている。看護師さんが来られて検温すると、8度以上の熱が出ているとか。悲しくて心細い。どうしようもないことは分かっているけれど、誰か一緒にいてくれたらと思う。

5月13日(土)

母のことを思うと落ち着かないけれど、今日は明美が行ってくれている。それで家事などをしているうちに病院から電話があり、退院後は系列のリハビリテーション施設へ行くようにという話を持ちかけてきた。昨日入院したばかりなのに、もうその話?　と思うと腹が立つ。よっぽど「お客さんが来られてすぐに『お帰りは何時ですか?』と尋ねるようなものですね?」と言ってやろうかと思ったがガマン。それでも、これまでに随分嫌な思いをさせられたということは伝えておいた。パンフレットには「患者さんの権利を大切に」と謳っているのに、とにかく不愉快な病院である。

5月14日(日)

病院へ行く前に支払いを済ませておこうと施設へ。ちょうどスタッフの方が沢山いらっしゃったので、昨日の電話のことや母の様子のことなどについて話をする。例の気の強そうな女医さんのことは皆さんご存知のようで、あまりいい話が出てこなかったので変な意味で納得。母は「施設に帰りたい」と何度も言っていたことを伝えると、皆さん嬉しそうにしてくださった。

その後、病院へ行ったのだが母は眠ったまま。黙って椅子に腰掛けて母の様子を見守る。そのうちに看護師さんが来られて「お下《しも》を拭きますから」と言われたので、部屋を出て面会室へ。窓からは生駒山が一望できる。母が入院していなかったら、春の息吹をしっかりと感じて嬉しくなるのだろうが、そんな気持ちにはなれない。疲れきっている。

部屋に戻ったら、母が少し眼を開けて「腰が痛い！」と言う。腰を擦ってあげてもすぐに「もういいわ」と言う。母なりに気を遣ってくれているのかもしれないとも思う。すぐに眠ってしまい、熱も出ていないようだったので、ナースステーションの看護師さんに挨拶をして帰宅。気持ちが全く晴れない。

5月16日（火）

授業が終わればすぐにでも母の様子を見に行きたいのだが、行けば病院から今後のことについていろいろ言われることを考えると気が重い。病院に到着し、部屋へ入ると「それ、取って」と母が床に落ちたリモコンを指さす。

一時期に比べると眼力も良くなってきているし、酸素のチューブも外されていた。しばらく母の様子を見ていると、案の定看護師さんがやって来て「何時頃まで居たはりますか？」とおっしゃるので「いつまででも待たせていただきますので、ゆっくりどうぞ」と言ってやった。

しばらくすると看護師さんが母を起こしに来られて、二人がかりで母を車椅子へ移乗しようとする。なんだか危なっかしくて、思わず手を出しそうになってしまった。それで彼女たちと一緒に面談室へ。何が始まるのかと思ったら、何人か集まって準備体操をして、体操を始める。母は「腰が痛いから部屋へ帰る」と大声でわめきだした。最初は「がまん！」と言っていたが、根負けして部屋へ。ムカムカした。

そんな時に「お待たせしました」と相談員がやって来て、「今後の方針を」と言い出した。今日は、転院先の病院の選択肢を増やしてきたが、そのうちの一つは入院費用がかなり高額になるのだとか。それを聞いて、私はお金の問題ではなく、人と院内の充実がいちばん大切で、お金はその次の問題だと伝えた。

そして「パンフレットには『患者の権利を尊重する』と書いてあったけれど、一方的に病院が方向を示しているではないですか？　相談課と言うけれど、相談というのはお互いが考えを言い合って案を出し、結果を出してこそ相談だと思うのですが、そちらのやり方は一方的な指令を出す指令課でしょ！」と言ってやった。

どうしても病院を追い出したいなら、一旦前の施設へ戻って、そこから改めて他所《よそ》の病院へ行くつもりだと伝えた。また、今回のことだけでなく、以前の父のことも含めて、報道等に話すつもりであることも伝えた。驚いていたけれど、あまりにも一方的で酷いことを言って来るのだから仕方ない。

いちおう彼女には「あなたも組織の中の人だから、不本意ながらも言わなければならないことを言っておられるのかも知れないと思うわ。私自身も組織の人間だからその気持ちは分かります。けれども、今はあなたにしか、私たち家族の気持ちを言えないから言っているのです。組織の一員であるあなたに言っているのです。悪く思わないでね」と言っておいた。彼女が帰った後は、どっと疲れが出て、母に帰ることを伝えてから足取り重く帰宅。

5月18日（木）

3講義目を終えて病院へ。部屋に入ると、母は南側を向いてじっとしていた。手を上げて挨拶をした後、テレビを見るかと尋ねると、見ないと言うので、そのままにしていた。母は、黙って眠っているようだったので、そのまま私は、椅子に腰掛けて横で座っていた。

点滴は大きな物一つだけになっていた。酸素吸入は停止して、調子は良好という意味のことが書いてあった。それから湿布を貼ってほしいと言うので貼る。テレビもつけたけれど、すぐにウトウトしているので「眠たいなら帰るよ」というとうなずいた。それで「帰りたい？」と尋ねてみた。するとうなずくので「施設？」と聞くとまたうなずく。「それなら食べるようにならなアカンから頑張って」と言うとまたうなずいていた。それを見て「また明日来るわ」と言って部屋を出た。

帰りに施設へ寄り、病院で言われたことについてスタッフの方と話す。提案された病院のことはご存知のようで「あの病院は、病院の機能を果たしていない」とおっしゃる。そして「何かごちゃごちゃ言われたら『近畿厚生局に電話する』て言わはったらいいねん」と教えてくださった。それで私もいろいろと言ったことを伝え、容態が「よくならなくても、一度前の施設へ戻ってから違う病院へ行きます」と言ったことを伝える。すると「それでよろしいやん。今度は、どんなことがあってもあの病院へは行かんときましょ」と言ってくださった。

施設はいちおう受け入れてくださることが確認できたので、少し肩の荷が下りたような気がする。あと1週間で何とか良くなってくれるように祈るしかない。

5月22日（月）

朝9時過ぎに施設に車を置いて事務所へ行き、迎えの車の時間を確認してから、歩いて病院へ。母に挨拶をして、すぐに持って帰る荷物をまとめる。大きな荷物が3つとなった。母には、帰れることを伝えたが、あまり嬉しそうでもなかった。普段から喜怒哀楽を出さないが、最近は特に出さなくなった。面白くもないのだろう。用意しておいた服に着替えさせてもらっていたので、爽やかに感じられた。

支払いを済ませて、施設のスタッフの車へ向かう。しかし、病院を出て少し進むと母が頭をそらせて「助けて！」と叫ぶ。しかしどうしてやることも出来ず、パジャマの襟元を引っ張ると「痛い‼」とまた叫ぶ。途中で一度車を止めてもらって体勢を整えたのだが、しばらくすると再び同じことを言う。仕方なくそのまま施設へと向かってもらう。

スタッフの方々が玄関まで迎えに来てくださったが、元気になっていたわけではないので皆さん驚かれていた。私もこんなに衰弱した状態とは思っていなかったので悲しい。

スタッフの一人が、母の首の状態を気にして、車椅子の交換を申し出てくださった。その後、部屋へ向かったのだが、途中で会ったリハビリの先生にも「同じ人とは思われへんかった」と言われた。私もこんなに酷い状態で退院とは思っていなかったので、なんとも言いようがなかった。

食事は全く食べようとしないので、せめてゼリーだけでもと食べさせる。歯磨きを済ませて部屋へ行き、ベッドに横にならせてもらう。母はテレビを見る元気もないようで、よく見ると足が浮腫《むく》んでいる。それを見てますます気分が重くなる。帰宅しても何も手につかず、ただボーとして過ごす。

5月23日（火）

今日は自分の診察と出張を終えてから母の元へ。挨拶をして何か食べるかと尋ねるが、「今、要らん」と言われる。今までなら「コーヒーを飲む」と言うのに、と思うと悲しい。しかし、食事に関して昨日から考えていたこと、最悪の場合には胃に穴を開けてチューブを入れる手術をしなければならないかもしれないことなどを話す。

そこへ院長が来られて、話があるとのこと。一緒にナースステーションへ行くと「昨日からお茶も飲まない何も食べない状態ではここでは面倒を見られないので、療養病院へ替わるように」と伝えられた。いろんな病院を提示してくださったけれど、母のこの状態では、この施設は受け入れられないのだと理解した。

部屋に戻って眠っている母を起こして、大きな声で母に言った。「誰もがママさんが良くなることを考えているのに、ママさんはそれを理解しているの？」「どれだけ皆がママさんのことを考えているが分かってるの？」と声を荒らげて何度も叫んだ。腹が立つやら情けないやらで、エプロンやカーディガンなどを放り投げていた。考えて見たら母がいちばんつらいはずなのだけど……。

少し冷静になってから、放り投げた物を片付けて母に帰ることを伝える。退院した翌日に、また転院の話が出るなんて思ってもみなかった。悲しかったし、それが現実だと思うと情けなかった。

6月4日（日）

今日は昼食に間に合うように出掛けた。２階へ行って部屋に荷物を置き、ホールへ戻る。ヘルパーさんと交代しようと思ったが、そのまま続けてくれていたので見守る。

ヘルパーさんから「申し送りの時に、榎並さんが食事の介助が必要と聞いた時は嘘かと思いました」と言われたが、とても丁寧に母の食事をリードしてくださる。私のように大きな声を出さずにやってくださるので、母もイライラしないで食べているのかもしれないと思った。反省。

歯磨きをして部屋へ戻るとベッドに横になると言うが、少しでも太陽に当たったほうがいいと思って少しだけ外へ。部屋に戻ってからどうしようかと思ったけれど、今日は自分で移乗しようと思って誰も呼ばなかった。車椅子の足の部分を外し、母に私につかまるように言ってから母を抱きかかえてベッドへ。靴を脱がせるのを忘れていたので、慌てて靴を脱がせてから横にする。なんとか自分でやることができてホッとした。

6月6日（火）

授業が終わってから伊勢丹へ行き、おやつを買ってから母の元へ。今日はお風呂だったらしく、洗濯物がおいてあった。それで、化粧水などをつけてブラッシングをしてから移乗させる。最近は私がやっても嫌がらないし、「痛い」とも言わないので助かる。

その後、母はテレビを見始める。イヤホンを付けるように言って帰り支度をして母を見ると、「気を付けて！」とはっきりと言ってくれた。そんな母にうなずいて部屋を出る。

玄関で面会のカードを返す時に、スタッフの方と少し話す。その方が「食事、ドロドロけれどよう食べてくれたはるんですね。よかったですね」と言ってくださった。食べるようになったので、皆喜んでくださっていることが嬉しかった。これなら少々疲れても、その疲れがどこかに飛んでいきそうに感じられる。

6月11日（日）

昼食に間に合うようにと早めに到着したつもりだったが、すでに始まっていた。部屋に荷物を置いて戻り、ヘルパーさんと交代。私の顔を見るなり、「腰が痛い」と言い出したが、「食べてから」と何度も繰り返しながら食べさせる。

部屋へ連れて行って着替えをさせてから、身だしなみを整える。歯磨きを終えて部屋に戻ると、「ベッドへ移らせて」と言うので移乗させる。「痛い」と言わないのは嬉しい。しかし、いつもならベッドに横になると、すぐにテレビを見るのに見ようともしない。「テレビは？」と尋ねても「後で」と言うだけ。だるいのかと思うと少し悲しくなる。

後片付けをして「今日はこれから保護者会で出勤するから」と言うと、「気を付けて」と言ってくれる。その声を聞きながら部屋を出る。そしてヘルパーさんに、母の喘息のような咳の件を伝えてから玄関へ。

6月18日（日）

朝9時頃に母の施設から電話。気づかなくて後からディスプレイに表示されている文字を見て、何かあったのかと思うと指は震え、倒れそうな感じがした。それでもとにかく電話をかけると、「母の入れ歯のケースを誰かが蓋を壊してしまった」とのことだったのでひと安心。

いつもの時間より早めに出て、ドラッグストアへ。入れ歯ケースを買って坂を下りて行こうとしたら、大たちに出会う。ドーナツを買って母の所へ行く、と言うので、私はおチビちゃんたちを連れて再びドラッグストアへ。花火やお菓子などを買って店を出ると、ちょうど大たちも帰ってきたので合流して母の元へ。

おチビちゃんたちが一目散に母のところへ行ってくれたので、私は洗濯物を持って部屋へ。歯磨きを済ませて部屋へ戻り、着替えをさせて身だしなみを整えていると、咲ちゃんが横で見守ってくれていた。咲ちゃんは母に話しかけるが、母が話さないので「何で、声が出ぇへんの？」と言う。母にそれを伝えると、声を出してくれた。それを聞いて咲ちゃんも安心したように笑ってくれた。

咲ちゃんと一緒に談話室へ行くと、皆はコーヒーやお茶でドーナッツを食べ始めていた。ソファーに座っている大の隣に母の車椅子を止め、私はテーブルに。しかし、私の顔を見てすぐに「腰が痛い」だの「部屋へ行く」などと言い出した。仕方なくドーナツを食べ終わらないまま部屋へ戻る。

車椅子から移乗させて横にならせると、皆がしばらく母のベッドを取り囲むように見守ってくれた。しかし母が眠たそうにしているので、皆で帰ることにして玄関へ。大たちに先に行ってもらって、母のズボンを着替えさせている私のことを、咲ちゃんが見守ってくれていた。母を見ながら「眠たそうやなぁ」と言う。この子は優しい子だ。

商店街へ行って買い物などを済ませてから駐車場へ戻ると、私の車が擦られていた。修理代もかかるし悲しい！

6月27日（火）

授業が終わってから同僚の先生と少し話してから、研究室を出る。伊勢丹へ立ち寄って母の元へ。玄関のところに院長がおられて挨拶をする。院長先生は立ち止まって「この頃は食事も進んでよろしいですな」と言ってくださった。

2階のホールを覗くとヘルパーさんが、「今、横になってもらいました」と言ってくださったので部屋へ。私の顔を見て「来てくれたん？」と言う。髪が短くなってさっぱりとしていたので安心した。「綺麗になったね」と言ったら、うなずいていた。

その後、化粧水を塗り始めたら「オシメ交換です」と言われた。「今日は、会議があるので早くなっています。すみません」とのこと。一旦部屋を出て、終わるのを待ってから美容液や乳液などを塗る。買ってきたおやつを食べる？　と聞いたけれど要らないと言うので、そのまま持ち帰ることにする。後片付けなどをしてから帰宅。

7月3日（日）

久し振りに車で行く。早めに出発したつもりだったけれど、すでに食事が始まっていた。ヘルパーさんと交代して母に食事を食べさせる。全てドロドロになっているので、原材料も全く分からない。母に「美味しいね？」と何度も言うが、母は「美味しくない」と言う。「分かっているけれど、そう思って食べようよ」と何度もスプーンを口に運ぶ。

そんな様子を見ていた前に座っている入所者さんが、「誰もいたはれへん時は、いつも一人で食べたはるねんで。いたはるから甘えて食べさしてもろたはるねん」とおっしゃる。ようやく食べ終えて、洗面所で歯磨きを済ませてから部屋へ。化粧水等を塗ってブラッシングをしてから、車に忘れたものを取るために母を連れて駐車場へ。外に出るなりすごい熱気だったけれど、母は文句を言わなかった。それでちょっと足を伸ばして犬のトリミング店まで行き、看板犬を見てから戻る。

部屋へ入って移乗しようとしていたら、年配のヘルパーさんが手伝ってくださった。ついでにオシメの交換もと言ってくださったのでお願いすると、そのヘルパーさんから「あのね、たまに『ドン』と座らせてしまうことがありますねん。そんな時は『ちゃんとしてや』て怒られますねん」と言われた。「あ、そうですか。すみません」と謝ったのだが、私だけに言うのではなく、ヘルパーさんにも文句を言っているんだと思う。痛がりで怖がりの母らしい。

7月18日（火）

いつもより少し早めに到着。ちょうどおやつの時間で、母もホールで食べていた。母の傍へ行って介助をする。おやつもミキサー食なので、何を食べているか分からない。

ヘルパーさんが母の車椅子を押して部屋へ来てくださり、そのままベッドへ移乗してくださった。ベッドに寝かされた母を見ると、上着が濡れているので、着替えさせる。母をベッドから起こして着替えさせたのだが、これが意外に大変だった。なんとか着替えさせて横にならせ、シャツと上着を整える。その後、持って帰る洗濯物等をまとめて、母に挨拶をし、部屋を出る。

7月30日（日）

大たち一家と一緒に母の元へ。昼食が始まっていたので、おチビちゃんたちは母の側へ行ってくれている間に私は部屋へ。母のところへ行くと、まだ半分以上残っていたので食べさせる。その間、チビちゃんたちは行ったり来たり。大はお弁当を買いに行ってくれたらしい。

食事の介助をしながら、大たちが朝からお墓参りに行ってくれたことなどを話すと、嬉しそうに「そうか」とうなずいていた。そのためか、今日は何とか全て食べてくれたし、お茶も沢山飲んでくれた。嬉しかった。大やおチビちゃんたちの影響だろう。

歯磨きを終えてから部屋へ行き、化粧水などをつけてブラッシングをしてから談話室へ。おチビちゃんたちは弁当を食べていたけれど、大はもう食べ終わっていた。母をテーブルにつかせてから、私もハンバーグ弁当を食べる。割と美味しい。

その後、おチビちゃんが二人とも車椅子を押したいと言って喧嘩を始める。それで妹の莉っちゃんを車椅子の足置きに立たせ、姉の咲ちゃんに車椅子を押させて玄関へ。これが気に入ったのか、喧嘩をしなくなった。

駐車場でも莉っちゃんを足置きに立たせ、咲ちゃんが押すという状態で遊んでいる。ハラハラしながら見ると、母は莉っちゃんが落ちないように、車椅子の肘当てを握っている莉っちゃんの左手を自分の右手でしっかりと握ってやっている。やっぱり母はすごい人だと思って感心し、また嬉しかった。

部屋に戻り、母からおチビちゃんたちにお菓子の入った袋をプレゼント。おチビちゃんたちも嬉しそうにそれを受け取っている。彼女たちが花火のお礼もきちんと母に言っていたのには感心した。そして母は、孫の大にも「皆で食事でもしぃ」と言ってお小遣いを渡してやっていた。いつもの行事が終わってから、母をベッドに移乗させる。チビちゃんたちも、私が母を移乗させる間は喧嘩もせず、一言も発することなく、ただ黙って見つめていた。ベッドの定位置に寝かせた母を見ると、涙を浮かべている。それで「どうして泣いてんの？」と尋ねると「泣いてない。ただ涙が出て来ただけ」と母。嬉しかったのか、それとも自分の状態を悲しく思っているのか……。もし後者だったら嫌だなと思った。

8月14日（月）

大たち一家が来てくれていたので、昼頃に全員で母の元へ。チビちゃんたちは競って母のところへ。私が母の食事の介助をし始めてからも、時々母の様子を見にやって来る。母は何も言わないけれど、嬉しそうである。そしてチビちゃんたちのマシュマロのような小さな手が母に差し出されると、母はそれをシワだらけの手でそっと握りしめる。おチビちゃんたちも嬉しそうにほほ笑む。絵になるなぁ、と私は思わず見とれてしまう。

歯磨きや着替え、化粧水などを終えて談話室へ行くと、皆はもう大が買って来てくれたお弁当を食べ終えていた。テーブルに置かれているのは私のぶんだけ。車椅子を止めてから、一人でハンバーグ弁当をいただいた。美味しかった。

そうこうするうちに母がまた「腰が痛い」と言い出したので部屋へ。咲ちゃんが車椅子を押したいというと、莉ちゃんも押したいといってケンカになる。それで、妹の莉っちゃんを車椅子の足置きに立たせて、姉の咲ちゃんに押させて出発。母は力強くしっかりと、莉っちゃんの手首を握っている。なぜか胸が熱くなった。母の孫夫婦が歩く横を、その長女が曾祖母と妹の乗る車椅子をゆっくりと押しながら歩いている。絵になるなぁ、と思う私である。

部屋に戻って、母からチビちゃんたちにアンパンマンのラムネと可愛いイラストが描かれたタコ煎餅をプレゼント。大にはいつものように「皆で何か美味しいものでも食べ」と言ってお小遣いを渡す。そんないつもの光景を、チビちゃんたちは嬉しそうに見ている。父親が祖母から小遣いをもらっている様子は、どのように映っているのか、どのように感じているのか、一度尋ねてみたいものである。それから、それぞれが母と握手やハイタッチなどの挨拶をして部屋を出る。

8月20日(日)

オープンキャンパス終えてから母の元へ向かったので、到着した時には夕食時だった。もう半分以上食べていて、介助しようとすると「要らん。腰が痛いから」と言う。しかし、「座布団を持って来たから」とか全く理由にもならないことを言って、何とか食べさせる。

歯磨きをしてから部屋へ。汚れた服を着替えさせて、横にならせる。靴下も脱がせる。母を横にさせた後、車椅子用に持って来た薄い座布団を置いてみる。これで、腰の痛みも少しはマシかもしれないと思ったから。腰が痛いというより、お尻に脂肪がないので、痛いのかも知れないと思う。

時計を見ると面会時間を遥かに過ぎていたので、洗濯物を持って部屋を出る。ヘルパーさんに母が痰を含んだ咳をしているので、チェックしてほしいということを伝えてから帰宅。

8月29日（火）

いつもより早く行く予定だったけれど、いろいろあって結局いつもと同じ時間に到着。母の席へ行って介助する。途中、いつものように「腰が痛い」と言い出すが、いつものように「食べたらマシになる」と言って強引に食べさせる。

歯磨きを済ませて部屋へ。着替えさせて化粧水を付け、ブラッシングをした後に玄関へ。駐車場をウロウロしようと思っていたが、坂を登るというので商店街へ。買い物などを済ませてから部屋へ。この頃は体が右に傾いてしまう。真っ直ぐにしようと思って何度も動かすが効果がない。左足もすぐに足置きから落ちて、母が「足を上げて」と言う。気を付けてやらねばと思うし、また踏ん張る力が無くなってきたとも思って悲しい。咳も痰が絡んでいるようだし、気を付けなければと思う。

9月3日(日)

いつもの時間に到着。洗濯物を収納してからホールへ。母はティースプーンで少しずつ食べていたが、これでは陽が暮れると思ったので、大きなスプーンで食べさせる。しかし、いつものように「腰が痛い」と言うので、私もいつものように「痛みが和らぐから、食べよ」と促して食べさせる。

歯磨きをして部屋へ戻り、化粧水などの準備をしていたら、「その封筒、明美が持って帰って」と言ってくれた。気づいていたけれど、母が覚えているかどうかを知りたかったので、あえて何も言わなかったのだ。

母に言われた封筒を開けると、中には同級生の山口君のお土産の「金持神社」と書かれたお守りが入っていた。母に「山口君は、よっぽど私が貧乏だと思っているんやなぁ」と言うと、母は大笑いをしていた。私もそれにつられて大笑い。久し振りに笑ったように思う。

ブラッシング等をしてから商店街へ出て、買い物等を済ませる。部屋に戻ってベッドへの移乗をさせようとしていたら子供の足音。まさか、と思って見たらそのまさかだった。カーテンを開けて二人のおチビちゃんが登場。母は、嬉しそうに二人を見ていた。そして大も登場。母の誕生日のために、綺麗なお花を持って来てくれた。おチビちゃんはそれぞれ絵を描いて持ってきてくれた。母は、嬉しそうに、それを見ていた。

おチビちゃんたちにお土産を買ってあげて施設へ戻ると、母はレクリエーションの真っ最中。早速おチビちゃんたちが母のもとへ走り、母に挨拶をする。「かもめのすいへんさん」の歌がかかっていて、子供の頃に私がよく歌った曲だったので歌ってみた。すると、チビちゃんたちも嬉しそうに歌ってくれた。

大たちの車を見送ってから帰宅。山口君に電話をすると、金持神社でお守りを買って宝くじが当たったと喜んでいた。宝くじを買わない私には、何の御利益があるのだろうか？

9月10日（日）

車で出かけようとガレージに行き、カバーを外してびっくり仰天。また車に傷がついている。どうして？　何で？　という感じ。車に乗りたくなくなって自転車で行くことにする。

先に部屋へ行って荷物を置き、テレビを消して、洗濯物などを収納する。ホールへ行き、ヘルパーさんと交代して食事の介助。母はすぐに「もう要らん！」と言い出すけれど、「せめて半分くらいは食べよ！」と言って励ます。

時々、変な咳をしているのが気になりながらも何とか食べさせ、歯磨きをしてから部屋へ。車椅子を止めて、カサカサの肌に化粧水等をつける。身だしなみを整えて「玄関まで行く？」と尋ねてみたけれど、「腰が痛いから」と行きたがらない。体調が良くないのだろうか？　変な咳もしているから気になる。

仕方なく着替えさせて、ベッドを掃除してから移乗。着替えなどをまとめていると、ヘルパーさんがオシメ交換に来てくださったのでお願いする。ヘルパーさんに母の咳のことを伝え、母に挨拶をしてから部屋を出る。

9月15日（金）

車の修理のための引取りなどの後、いつもの時間に母の元へ。食事をしている2階ホールへ直行して母のテーブルへ。ヘルパーさんと交代して母の食事を介助する。母はティースプーンで少しずつ口に入れていたが、私はいつものように大きなスプーンを使って母の口に入れる。

食後は歯磨きをして部屋へ。その時に先生が来られて「肺を見たけれど、綺麗だったから大丈夫ですよ。ただ、唾を飲み込むのが難しいので、喉がゴロゴロと音を立てるのでしょう」と言ってくださったのでひと安心。

服は汚れていなかったので、タオルマフラーだけを交換。化粧水を塗ってブラッシングした後「玄関へ行く？」と言うが、母は腰が痛いからと拒否。ベッドへ移乗させたら、再び先生が来られた。「後で来てください」と言って、出て行こうとされたので、母に「診に来てくださったから挨拶を」と言うと「ありがとうございました」と大きな声で言う。ヘルパーさんには「おーきに」なのに、先生には「ありがとう」と言うのだと思った。

母に掛け布団を掛けてから、ナースステーションへ入ると病院の話をされた。要するに、再び容体が悪くなった時に何処の病院へ行くかということだったので、連れて行きたい病院の候補をいくつか伝える。

9月22日（金）

いつもより少し早めに着いて母の元へ行ったけれど、食べ始めていた。母は今朝お風呂だったのか、さっぱりしているようだ。「ボンジュール」と母に挨拶すると「さっき、津子来てくれたわ」と言う。とうとう認知が来たか、と思ったけれど「何時？」「何の話をした？」などと尋ねてみると、まんざら認知でもなさそうだった。後で、津子に電話してみよう。

母の食事を介助をするが、相変わらず「腰が痛い」と顔を顰めながら言う。適当に聞きながらスプーンを口へ。お粥におかずを混ぜて食べさせるようにすると、あまり嫌がらずに食べてくれるようだ。食後は歯磨きをして部屋へ。

タオルマフラーを交換してから、化粧水とクリームをたっぷり塗り、その後ブラッシング。ドライヤーで髪を乾かしてやりたかったけれど、ヘアーピンで留めておく。その後、玄関へ連れていく。

駐車場の方に出ると風が強かったのか「寒い！」と言われたので、玄関ドアまで戻って津子に電話。すると、やはり津子が来てくれたようだ。それで、一緒に帰ることを約束して、電話を切った。

部屋へ戻り、ベッドの掃除をしてから移乗。持って帰る洗濯物をまとめて「テレビは？」と尋ねると「見る」と言うので点ける。母に挨拶をして津子との待ち合わせ場所へ。

9月24日（日）

今日は施設の祭の日なので昼食が早い。前日に電話をして確認したら11時半と言われたので間に合うように行ったのに、終わっていた。母を見ると服が汚れていたので、部屋へ戻って着替え。肌にクリームや化粧水を塗り、髪をブラッシングして身だしなみを整える。

歯磨きをした後、下へ連れていく時間をスタッフの方に確認すると12時半頃ということだったので一旦ベッドへ移乗。ちょうどそのタイミングでオシメ交換をしてもらえた。そうこうするうちに時間になったので、母を再び車椅子へ。

祭は2時からなので、まだまだ時間がある。母校の中学校の吹奏楽部員がチューニングをしていたので、顧問の先生に挨拶しに行く。その後、院長の挨拶、吹奏楽部の演奏、お祝いの式典、恒例のスタッフによる踊りなども行われた。皆さん楽しそうに、力いっぱい踊っておられた。

次のプログラムまで時間があるので、模擬店などを回るように言われたが、母は何も要らないという。それで一旦部屋に戻って、去年と同様にゲームをした。ボール投げ、輪投げ、房作り等をして再び外へ。すると、辞められたスタッフさんたちが来ておられたので、少し話をする。

そのうちに母が腰が痛いと言い出したので部屋へ。暑かったからかシャツの背中が汗で濡れていたので、着替えさせてからベッドへ。テレビを点けて、母に挨拶をして部屋を出る。

10月1日（日）

今日は大たち家族と一緒に母の元へ。施設に入る前に大たちが昼食を買いに行ってくれたので、私はいつものように部屋へ入ってから母のそばへ。ヘルパーさんが「自分で食べはりましたよ」と言ってくださったので見ると、半分は食べているようだ。続きを食べさせようと大きなスプーンを口もとまで持っていくと、「小さなスプーンにして」と言われた。初めて言われたのだが、もしかすると大きなスプーンはずっと食べ難かったのかもしれないと思う。でも「そう、上品やもんね」と言うと、母は笑っていた。

その後、歯磨きを済ませて部屋へ戻り、着替え、化粧水、ブラッシングなどの身支度を整えてから談話室へ。その頃に咲ちゃんが来てくれて、母の車椅子を押してくれた。

母の車椅子を談話室のテーブルにつかせて、マックシェイクを渡す。しかし、堅くて吸うのが難しそうだったので、蓋を開けてスプーンで食べるように伝える。すると、一人でポチポチと食べ始め、時々、フライドポテトもつまんでいる。そんな母に「久し振りやもん」と言うと、うなずいていた。ちょっと嬉しい。

おチビちゃんたちは、おまけにもらったおもちゃを母に披露していた。母は、何も分からないままうなずいている。私も久し振りのバーガーとコーラを堪能。食後は全員で玄関へ行き、莉っちゃんを車椅子の足置きに立たせて咲ちゃんが車椅子を押して遊ぶ。咲ちゃんは母や莉っちゃんを乗せた車椅子を上手に動かして、駐車場を自在に走り回る。母の顔も少し綻んでいるようだった。

部屋へ戻り、いつものように母からおチビちゃんたちへお菓子をプレゼント。今回はプラザで買って来た可愛い瓶入りのビスケットで、チビちゃんたちより母親の奈未ちゃんが喜んでいたような気がする。そして大にはお小遣い。母も大も嬉しそうだった。その後、帰る準備をして、皆が母に挨拶をして部屋を出る。

10月10日（火）

授業が終わって、久し振りに伊勢丹のマールブランシェに立ち寄る。施設に行くと、2階ホールに母の姿はなし。部屋で眠っていたので、起こそうと思ったのだが「腰が痛い」と言って起きてくれない。ベッドの上部を高くして負担を少なくしようとするが、すぐに「痛い」と言って動こうとしない。だんだん腹が立って来たので、乱暴に母の枕を動かして、下に敷いているタオルを剥がし、新しいタオルに交換した。

その間、大きな声で母に「すぐに、痛い痛いと言って動こうともしない。誰のためにしてるのよ」と言っていた。こんなことは言いたくないのに、久し振りに母に対して怒ってしまった。

後から考えてみれば、すぐに「腰が痛い」と言う弱い母、弱くなっていく母を情けなく思っている自分に腹を立てていたようにも思う。やるせないけれど、誰にも理解してもらえない悔しさ。老いていく母の姿、色んなことやものが一緒になって、大声で母に怒鳴り散らしていたのかも知れない。

タオルを敷き直して汚れものを整理し、母に買って来たシュークリームを食べるかと尋ねるが「要らない」と言う。腰が痛いのは、お尻の脂肪がないからだと私は思うのだが、骨が弱くなっているからなのだろうか……。

10月17日（火）

3時頃に母の元へ。ちょうどおやつの時間で皆さんホールにいらっしゃったので、先に荷物を置こうと部屋へ。すると、母はベッドで眠っていた。びっくりして起こしたら「腰が痛いから」と言うので情けなくなった。思わず「痛いからと言って動かなかったら、寝たきり老人になるよ！　それでも良いの？」と強く言ってしまう。それでも黙って私を見たまま。

腹が立つものの、イヤホンを外してタオルマフラーを交換してから、いつものように化粧水等を付ける。そして、少しでも起きるように言うが全く効果なし。「怠け者！」と言うと「怠け者ではない。痛いだけ」と言い張る。本当にどうしたものかと思う。汚れたタオルマフラーをバッグに入れて、部屋を出る。情けない!!

11月のまとめ

10月の終わりから11月にかけてはいろんなことがありすぎて、肉体的にも精神的にも日記をつけている余裕がなかった。まず、10月の末に太郎が旅立ってしまった。その後は大学祭、スピーチコンテスト等が続いたうえ、不安定な気候のせいで酷い風邪をひいてしまった。仕事を休めないし、母の施設、太郎の墓所等へ顔を出すだけで精一杯で、体も心も休まることがない。仕事を辞めようかとも思ったのだが、それはそれで母に心配をかけてしまうかもしれないと思うとそれもできず、一人で考えてしまう毎日だった。

風邪のほうは何とか小康状態となったが、未だに喉がおかしい。電話に出ると、皆から「風邪ですか？　声が変ですよ」と言われてしまう。完治はしていないのだと思う。

12月5日（火）

早めに授業を終えて早々に地下鉄へ。途中で百貨店へ立ち寄ったら母の施設から電話。文字を見るなりガタガタと手が震える。出てみると看護師さんからで、熱が出て、食事も食べていないという。痰を吸引したら喉のゴロゴロ音は少しマシになったとのこと。それを聞いて、そちらに向かう途中であると伝えて電話を切る。

母の施設へ到着し、階段を駆け上がる。母の部屋へ行くとベッドに居ないので、ホールへ行くといつもの席に座っていた。すぐに母の額に手を当ててみたが、熱くはなかったのでひと安心。

すぐに先生と看護師さんが来てくださって話をした。電話をもらってから「今度の病院はどこにすればいいのか」「転院の時はどうやって移動するか?」「荷物はどうする?」等々、一人で次から次へと考えを進ませていたのだ。ところが実際に熱が下がり、おやつを食べている母の姿を見ると少し安心した。

おやつを食べ終えてから部屋へ連れて行き、タオルマフラーを交換。顔の乾燥がひどい部分にワセリンを塗ったり、化粧水を塗ったりしてからベッドへ移乗する。ベッドに寝かせても天井を向いてテレビを見ようともしなかったので心配したが、しばらくしてテレビのスイッチを入れた。それを見て私は、後片付けをして帰り支度。母が「もう帰るの?」と言うので「うん」と言ったら「気ぃ付けて。風邪引きなや」と言う。「その言葉、そのまま返すわ」と言いたかったけれど「うん」と言って、部屋を出る。ホント疲れる。でも母にはまだまだ生きていて欲しい！

12月7日（木）

出張を終えて母の元へ向かう途中、施設から電話。発信者に施設の文字が表示されると、ドキッとする。電話の内容は「熱はないけれど喉のゼイゼイがあるので、明日にでも病院で受診してみてほしい」とのことだった。そちらに向かう途中だと言うと、「来られてから、またお話ししますし、先生とも話してください」とのこと。それからは、もう母の今後のことで頭が一杯になる。

母は部屋でテレビを見ていたが、目は少しトロッとした感じでだるそうだった。熱は？と思って額に手を当ててるが、そんなに熱くはなかった。すぐに看護師さんが来てくださって、ナースステーションで先生と話すように言われた。

先生からは「これから夜診で診察を受けるように」と勧められた。「すぐに紹介状を書くから行く準備をするように」と言われ、母のパジャマやバスタオル等を準備。介護タクシーの手配も済ませる。

保険証等も必要だったが、事務所にあるコピーを持っていくことにした。しかしよく考えたら手持ちのお金が少なかったので「十分ほど出掛けます」と言って、急いでお金を引き出しに行く。

部屋に戻ってから明美にメールで知らせ、病院へ。介護タクシーも一旦帰ってもらい、受付で待つ。しばらくすると看護師さんが来られて、問診表に記入するようにと言われる。ようやく血圧や検温等が行われたが、救急でも何でもなく、夜診外来と同じ。しばらく待って診察を受け、血液検査とＣＴ。それらの検査結果が出るまでしばらく待つようにと言われる。

待っている間、玄関からの風が冷たいので、母が寒がっていないかとハラハラ。ようやく診察室へ呼ばれて医師と話をする。曰く、白血球等の数値が高くなかったので入院の必要がないらしい。良いのやら、悪いのやら。しかし、どっちにしろ、いずれ先生にお世話になるのだからと思って挨拶をしておいた。

もう一度介護タクシーに電話をして迎えに来てもらい、かなり待たされて精算を済ませて施設へ。寒い中で待たされたら余計に母の具合が悪くなるような気がして、気が狂いそうだった。

ようやく施設へ戻って夕食を食べさせるが、あまり食べてくれない。歯磨きをして部屋へ連れて行き、ベッドへ移乗。そうこうするうちに、もう時間だからと事務所から言われ、後はヘルパーさんにお願いして部屋を出る。

12月10日（日）

昼食の時間に行っても仕方がないとは思ったけれど、いつもと同じ頃に到着。部屋へ入って行くと体を丸めて眠っていた。母のベッドは痰を吸引する機械や点滴のスタンド等が取り囲んでいる。

ベッドの傍へ行くと、母は私の方をチラッと見たが「眠たい」と言って、また眼を閉じた。「だるいの？」と尋ねるが「だるくないよ」と言う。でも、目に力が入っていないのでだるいのだろうと思う。額に手を当てると、私の手が冷たいのかも知れないが、少し熱があるように思った。頬はそんなに熱いとは感じなかった。顔を見た時に、額の辺りが、カサカサしていたので、ワセリンを塗る。

その後も母は起きなかったが「反対側を向きたい」と言うので、左側に体を向ける。ちょうど、カーテンを開けると外が見えるし、ガラス越しに太陽に当たることができるのでカーテンを開ける。じっと外を見ている母に「どうしたの？」と尋ねると「雲が動いているわ」と言う。そうして外を見ているうちに、またすぐに眠ってしまった。私は、左側に座って母の右手をマッサージをしていた。母は強く握り返しもせずに、そのまま目を閉じている。以前より痩せて皺だらけで骨ばった母の手は、ごつごつしていてマッサージをするのが辛かった。

そのうちにオシメ交換に来てくださったので、私は外出。用事を済ませて部屋へ戻ると、母はやはり眠っていた。私が傍に行くと、目を開いて「ナースコールがない」と言う。「ここにあるよ」と言って見せると安心したように、うなずいた。しばらくじっと傍にいたけれど、母に気を遣わせても嫌なので「もう帰るわ」と言う。いつもなら「気を付けて。風邪ひきなや」と言ってくれるのだが、今日はない。私は明日ひょっとしたらまた入院となるかも等と考えてしまう。そうなるとまた何もできなくなるので、帰宅後には入院の準備もしておいたほうがいいのかもと思う。考えただけでも疲れる。明日、少しでも良くなっていればいいのだけれど……。

12月11日（月）

朝、施設から「熱が下がっていないので入院したほうが良い」という電話。今日の夜か明日にでもとのことだったが、担当の先生が月曜日の担当なので、これから診察に連れて行くと伝える。

施設に着くと母はもう車椅子に乗せられていて、病院に行くと聞かされたのでシュンとした表情だった。「大丈夫だから」と言うのだが元気がない。介護タクシーで病院に着くと、すぐに救急外来へ案内されて部屋へ。

ストレッチャーに載せられて血圧や脈、心臓等の検査。先生の診察を受けている時に、明美が来てくれた。そこで先生から、これからどのようにするか、話し合うように言われる。たとえば、誤嚥の可能性があるが口から食事をさせるか、カロリー分を飲ませるようにするか、あるいは胃ろうにするか……。決めなくてはならないことは沢山ある。

病室へ案内された後も、看護師さんから質問があったり、点滴の交換、着替え、機械のセッティング等で時間がかかった。着替えやオムツをロッカーに入れたりしつつ、いろんな質問にも答えていたら、立っているのもやっとという感じで疲れ切ってしまった。3時頃迄かかってようやく全てが終了。

母はベッドで静かに目を閉じていたが、食事が運ばれて来たので食べさせる。食器を返却し、ナースステーションに挨拶をして部屋を出た。明美たちに施設まで送ってもらって事務所へ。1週間くらいなら部屋を開けておくと言っていただけたが、それ迄に元気になることを祈るばかり。自転車で帰宅したが、さすがに疲れた。

12月17日（日）

寒いので車で行こうかと思ったが、日曜日で駐車場が混んでいるかもしれないと思い、小回りのきく自転車にした。用事を済ませて病室へ行くと母は眠っていた。起こさないように洗濯物等を整理していると、看護師さんが来られて母が目を覚ます。

私にも気づいたので「ボンジュール‼」と声を掛けたらうなずく。それを見て、看護師さんが母に「ボンジュールて言わな。榎並さん」と声をかけてくださる。その後、持って来たおやつを見せるとコーヒープリンを食べるという。ベッドを上げて食べさせる。

ゆっくりと時間を掛けてコーヒープリンを食べ、文明堂のボーロを見せるとそれも「食べる」と言ってくれた。小さくちぎって少しずつ食べさせると「美味しいわ」と言ってくれたので嬉しい。カフェ・オ・レで口を湿らせながら、少しずつボーロを食べさせた。

その後、母はテレビを見始めたので、私は後片付けをしていると、オムツ交換に来てくださった。母の耳元でそれを伝えると「お願いします」と言う。看護師さんからは「榎並さんの声、初めて聞いたわ」と言われていた。「そうか、言うてることが聞こえへんかったんやな」と一人の看護師さん。私は、部屋の外へ。

廊下から外を見ると、どんよりして寒そうな空模様。オムツ交換も終わったのでしばらく様子を見ていたが、相変わらず母はテレビを見ているので、挨拶をして部屋を出る。

12月22日（金）

部屋に着くと、母は眠っていた。持って来た丸福のゼリーやプリンを見せると、ゼリーを指差したので準備をする。

本当はベッドをかなり立たせなくてはならないのだけれど、半分も立てると「もういいわ」と言う。そんな母を見ていると、この冬大丈夫かと思ってしまう。おやつもコーヒーもあまり食べてくれなかった。

その後テレビを見るというのだが、食べ終えたばかりなので「もう少しこの状態でテレビを見て」、と言ってそのままテレビのスイッチを入れる。しばらく様子を見て、ベッドを少し倒し、その後母に挨拶をして帰宅。

12月25日（月）

風邪をひいてつらいので横になっていたら明美からメール。母が正月明けくらいに退院とか。私の体調も良くないので、それでいいかと思った。

すると病院から「27日午前に退院でどうか」と連絡が入ってびっくり。先に施設へ連絡されて、送迎のことで話がついたからとか。こちらのほうが驚いて、それしかないのなら体調なんて言ってられないと思い了承する。

夜になって再び病院から電話。限度額認定何とかという白い証明書があるはずだとか。体調が悪くて本館に行く元気がなかったので、明日連絡するということで電話を切る。だけどそれが気になって眠れない。

12月27日（水）

今日は母の退院の日。植木屋さんが来てくださっているが、おやつの準備をしてタクシーで病院へ。部屋に入ってすぐに帰る準備。片っぱしから袋に入れていく。大体まとまったところで、スタッフの方が迎えに来てくださった。

精算を済ませ、荷物を沢山持って部屋を出る。廊下を通って外へ出た途端に冷たい北風が吹いて来て、母の髪をかき混ぜる。その時、母がとても痩せていて、そして一層白くなっていることに気づかされてぞっとした。こんなになってしまったと思うと、とても悲しい。思わず、持って来た毛布を母に被せていた。

施設の部屋に戻ってすぐにベッドへ。スタッフの皆さんが「お帰り」と声をかけてくださった。母をベッドへ移乗させてから、談話室へ移動し、ヘルパー、看護師、リハビリなどの各責任者と話す。内容は主に食事のことで、誤嚥の危険があるので、無理に食べさせることはしないということらしい。しかし、それはいつも食事の介助をしている我々に、するなということなのかとも思った。もしそうならはっきりと言ってもらったほうがよいのだが、言いにくいのかもしれない。理解に苦しんで怪訝な表情をしていたからか、ヘルパーのリーダーの方が「何か質問はありますか？」と尋ねてくださった。だけど「特にありません」と言うしかなかった。しかし、どうも理解出来なかったし、気分も晴れなかった。

その後、明美たちが来てくれたので、食事の介助は明美に任せて、私は荷物を整理する。食事の後、歯磨きを終えて母を移乗させた後は、母も疲れているだろうと思い、早めに切り上げて退室。皆でそばを食べてから帰宅。

12月28日（木）

昨日のヘルパーさんたちとの話で、食事のことが気にかかっていたので、食事の時間をずらせて行く。事務所にお礼の品を渡した時に、顔見知りのスタッフの方がいたので確認してみた。昨日は何度も「無理やり食べさせることが誤嚥の原因になるから」と聞いたので、食事の介助はしないようにということなのかと私は解釈したということを伝えた。つまり毎日妹と入れ替わりに食べさせることはよくないということを、遠まわしに言っておられるのかと。

しかし、その方の説明によると、食事の介助をしないということではなく、介助の時に口にまだ入っていても機械的に食べさせることをやめようということらしい。実際にそのようなことがあって、それが誤嚥の原因になったのだとか。そのスタッフの方は「榎並さんはいつものようにしてくださっていいんですよ」と言ってくださった。でも、昨日の話とは少し違うように感じてしまう。少し気分はマシになったけれど。

2階のナースステーションにもお礼の品を渡してから部屋へ。横にならせてもらっていたが、テレビも見ていなかったので、外が見えるようにカーテンを開ける。母は「綺麗やなぁ」と言って空を眺めていた。入院してまた痩せたので、目が少しくぼんでいる。つらいけれど「何とか頑張って‼」という気持ちで一杯になる。しばらく様子を見ているとオムツの交換に来てくださったので、母に「また来るから」と言って退室。

◎2018年1月2日（火）

今日は自転車に荷物を積んで母の施設へ。部屋に洗濯物などを置いてから、母の食事を見守る。少し食べただけで「もう、いいわ」と言うので、「食べなアカン！」と言って食べさせる。最後は私がスプーンですくって、口もとまで持っていく。母は看護師さんやヘルパーさんの方を見て同情してもらいたそうにするが、「皆、食べないから心配してくれたはるの！」と言って食べさせる。

食後は歯磨きをしてから部屋へ戻り、持ってきた年賀状を見せる。「後で見るから枕元に置いといて」と言うので、枕の横に年賀状を置く。おやつを用意しようかと思ったところで、オシメ交換に来られたので慌てて片付ける。ヘルパーさんが「少し顔色が良くなってきたね」と言ってくださったので、少しホッとした。

オシメ交換を待って部屋へ戻ったけれど、母はおやつは要らないというので、片付けをして帰る準備。母に帰ることを伝えて部屋を出る。ヘルパーさんが「初詣に行くで！」と入所者さんたちに声をかけて、ホール内の神社へ案内している。母もそれくらいの元気があればいいのに、と思いながら玄関へ。

1月4日（木）

母の元へ行って食事の介助。すぐに「要らん！」と言って食べない。宥めすかしながら食べさせていると看護師さんがやって来て、「食べはれへんから胃ろうを考えはったらどうですかと先生が言うたはります。胃ろうにした入所者さんの中には、しっかり栄養が摂れるようになって閉じるという人もいるんですよ」とおっしゃる。正月早々、そんな話かと思うと悲しくなる。

お風呂の日だったので、部屋へ戻って化粧水や乳液、ブラッシングなどのケア。おやつはあまり食べてくれなかった。オシメの交換のタイミングで、母に挨拶をして部屋を出て帰宅。

家へ帰ってからも、胃ろうのことが頭から離れなかったので明美にメール。夜になって電話がかかってきて「ママさんとはもう別れる時期が近付いているねんから覚悟せな」と言われてしまった。妹婿のお兄さん宅も大変みたいだし、あまり相談しないほうがいいのかな、とも思う。

1月7日（日）

今日は大たち一家と一緒に母の元へ。昼食の時間より少し早めに到着して、皆で2階ホールへ。食事の前の体操をしている母を見守ってから母の隣へ。チビちゃんたちや大たちは、母に挨拶をしてから昼食を買いに外出。私は母の食事の介助。大たちが来てくれたからか、母は文句も言わずに食べてくれた。その時、看護師さんがいらっしゃって「病院では胃ろうについて何も言われませんでしたか？」と胃ろうについての説明をしてくださった。「異物を入れることなので、あまり良いものではありませんが……」とのこと。しかし、私たち家族、なかでも特に母は自分のレントゲン写真でさえ見ることを嫌がるし、私も傷跡などとてもじゃないけれど正視できないのだと伝える。だから余計に、胃ろうに抵抗があるのだということも。

半分くらい食べたところで、母の食事は諦めて談話室へ。大たちはすでに食べ終えていた。母用にシェイクを買ってもらっていたので、皆と一緒にそれを食べさせる。母は「冷たい」と言いながらも、割と沢山食べてくれたように思う。私もシェイクとバーガー、コーラなどをいただく。

それから、準備しておいたお年玉を母に手渡すと、母はおチビちゃんたち一人ひとりに渡してくれた。大人用のポチ袋を渡すとすぐに察して「大！」と大きな声で呼ぶ。それを聞いてチビちゃんたちも「パパ‼」と、嬉しそうに大きな声で大を呼ぶ。

やがて「腰が痛い」と言い出したので、莉っちゃんが母の車椅子を押して部屋へ。ベッドへ移乗させて皆で挨拶してから外へ。帰り際にスタッフの方から「夕方になると痰の量が多いようです。いつも取っているのですが……」と言われた。報告だということだが、手間がかかるから病院へ行って胃ろうの手術を受けろ、と言うことなのだろうか？　と勘ぐってしまう。

1月12日（金）

今日からセンター入試監督のために京都入りしなくてはならないので、その前に母の元へ。近くまで行くと、一人で昼食を食べていたので少し嬉しかった。私も隣に座って黙って見守る。だけど周りがどんどん食べ終わるので、介助してなんとか半分ほど食べさせる。

食後の歯磨き、化粧水、ブラッシングなどを済ませてからベッドへ移乗。母に日曜日に来られないことを伝えてから、後片付けをして部屋を出る。ナースステーションでスタッフの方にセンター入試の監督の件を話し、日曜日に来られないことを伝えてから玄関へ。

1月18日（木）

授業を終えてから伊勢丹でおやつを買って母の元へ。母はおやつの最中だったので見守っていると、看護師さんが来て「今日はお昼も一人でしっかり食べてはりましたよ」と言ってくださったのでひと安心。だけどゼリーはなかなか食べられない。容器が深くて、そのうえゼリーが滑るので、なかなか口まで運べない。これはなんとかならないものかと思う。

おやつを食べている途中で、珍しく「外へ行ける？」と聞いてくるので「行けるよ、今日は暖かいし」と言うとうなずいていた。それで母をホールで待たせておいて、部屋へ戻ってひざ掛けや上着などを取ってくる。外に出た途端に「やっぱり寒いなぁ」と言うが「中に入る」とは言わないので商店街へ。このままお稲荷さんまで初詣に行っても良いかなと思っていたら、鳥居のすぐ手前で「もう帰る」と言うので引き返す。

部屋に戻って買ってきたおやつを見せると、「いつもこれやなぁ」と言うので「今度違うのにするわ」と言うと「違う。これが美味しいからいつもでいいのや」と言ってくれる。プリンを食べたので、ダメもとでシュークリームも出したら「ちょっと食べよかな」と言ってくれた。

オシメ交換のためにいらっしゃったヘルパーさんと看護師さんが、「何か食べられましたか?」と聞いてくださった。「プリンとシュークリームを食べてくれました」と言うと、笑みを浮かべて「良かった!」と言ってくださって嬉しかった。

1月28日(日)

いつもの時間に母の施設へ行って受付をしようとしたら、張り紙が目についた。なんと明日から面会謝絶とのこと。スタッフの方に尋ねたらインフルエンザの予防のためなのだとか。

ホールへ行くとちょうど母のトレイが到着したところだったので、それを持って母のテーブルへ。母が自分で食べる仕草をしたので見守り、食後の歯磨きを終えてから部屋へ。

おやつに持ってきたコーヒーとプリンを見せると、プリンを食べ始めた。食べ始めてしばらくすると、隣の方がオシメ交換に。母のところにも来てくださったけれど、食べていたので「後で声を掛けてください」と言ってくださった。ベッドに移乗してから後始末。

汚れものなど持って帰るものを準備していると、「もう帰るの?」と聞いてきたので「明日から面会出来ないから我慢してね」と伝える。母に分からなかったはずはないと思うが、返事をしてくれなかった。寂しく感じたのだろうか?

3月1日(木)

1カ月振りに母の施設へ行くことができた。顔を見ると髪が長くなっているのが気になった。食事はすでに始まっていたが、先に部屋へ行って引き出しの中を整理し、持ってきた洗濯物を片付ける。

母の食事の様子を見ていると、佃煮を食べていない。そこへスタッフの方が来られて「これを食べたら戻しそうになるから要らん、と言って食べはりませんねん。だから、少し痩せたはると思います」とおっしゃる。ちょっとがっかりしながらも、母に「今日は1日なのでお墓参りしてきたよ」と言うと「おおきに。私もお墓参りしたいわ」と言う。それで「暖かくなったら、行こうよ」と言うとうなずいていた。

なんとか食事を終えて、歯磨きをしてから部屋へ。今日はお風呂だったから肌は綺麗だったけれど、化粧水等でケア。それからおやつを準備して食べさせる。隣の入所者さんのオシメ交換に来られたスタッフの方が、「今日はお風呂が遅かったので、オシメ交換は3時頃にします」と言われた。そのスタッフさんに「皆さんで」と言っておやつを手渡した。久しぶりだったので「皆さんお元気でしたか？」と尋ねたら「入所者さんは皆元気だったのですが、職員が何人かインルフエンザにかかりました」とおっしゃっていた。

3月8日（木）

今日は美容師の筒井さんが、母の髪をカットしに来てくださるので早めに施設へ。荷物を部屋に置いてすぐにホールへ行き、母の食事の介助をする。

食後の歯磨きをしているときに看護師さんが、「入れ歯を取る時に痛いと言わはります」と教えてくださった。「そうですか。うまく合わないらしいので、新しい入れ歯を作っていただきたいとお願いしているのですが……」と伝えてから部屋へ戻る。

化粧水などをつけてからブラッシング。すぐにカットの時間だけれど、少しだけ。その後おやつを食べていたら、筒井さんが来てくださったらしく、スタッフの方が声をかけてくださったので理美容室へ。通りかかる人が、挨拶をしてくださったり、「すっきりしたね」とおっしゃってくださったり。年末からカットしてあげたかったけれど、入院したり、面会謝絶だったりで時間が経ってしまった。途中で「腰が痛い」と言い出したけれど、通りがかる人たちが口々に「すっきりしたね」「綺麗になったね」と言ってくださったので嬉しそうだった。

カットが終わったところでお礼のお菓子袋を母に渡すと、きちんと「ありがとうございました」と言いながら渡してくれた。筒井さんを見送ってから部屋へ戻り、ベッドへ移乗。片付けをしてから帰宅。

3月11日（日）

母の施設へ着いて面会カードを書いていたら、スタッフの方が「その後、車はどうですか？」と尋ねてくださった。「4回やられました」と言ったら、彼のせいでもないのに「すみません」と言ってくださったので恐縮してしまった。

母は相変わらず自分のペースで食事をしていた。私の顔を見ると佃煮の瓶を指して「これ美味しいわ」と言う。食べている途中で「外は雨か？」と聞いてくるので「良い天気よ。少し風があるけれど」と言うとうなずいていた。その後、奈未ちゃんから届いたお礼の写真を見せたら嬉しそうに見ていた。ついでに、昨晩卒業生から送られて来た卒業パーティーの動画も見せたら、嬉しそうに見てくれた。

歯磨きをして部屋へ入るなり、「外へ行ける?」と聞いてくる。化粧水やブラッシングなどのケアをしてから外へ。日差しの当たる場所を選んで歩いたけれど、「寒いから帰ろ」と言うので部屋へ戻る。部屋で「コーヒー飲む?」と尋ねると、うなずいてくれたので準備。おやつの途中でヘルパーさんが隣の入所者さんのオシメ交換にいらっしゃった。少し焦ったけれど、ちょっと覗いて「後にします」とおっしゃってくださったのでおやつタイムを継続。お菓子が上あごにくっついたりするので食べさせて良いものかとも考えるけれど、食べてくれるのは嬉しい。

スマホに届いているチビちゃんたちの動画や、卒業生から送られてきた私のピアノ演奏の動画などを見ているうちに、ヘルパーさんがオシメ交換に来てくださった。何事かと画面を見られて、「ピアノも弾かはるんですね」とおっしゃった。「私に手ほどきをしてくれたのは母なんです。昔はとても怖かったのよ」と言ったら「わぁ、教育ママだったんですね」と驚かれていた。

3月18日(日)

いつもと同じ時間帯に到着して母のテーブルへ。スプーンで食べていたようだけど涎だらけ。ティッシュなどでカバーして様子を見ると、佃煮もなくなりかけていたので、慌てて部屋へ取りに行く。なんとか食べさせて、そろそろ終わりかなという頃になると、盛んに外を見る。案の定「外へ行ける？」と聞いてくるので「行けるよ」と返事をする。

歯磨きをして外出の準備をしようとしたところで、ヘルパーさんが「今からオシメ交換しますね」とおっしゃる。きっと、私たちが交換時間に外へ行ったり、おやつを食べさせたりしているからだろう。確かに、何度も足を運んでいただいて申し訳ないとは思っていたのだが……。

オシメ交換が終わって化粧水やブラッシングなどのケアをしていると、母が「コーヒーある？」と尋ねてきたので先におやつ。喉がゼイゼイ鳴るので、気になって仕方がなかった。

その後、外へ行きたいと言うので玄関へ。車の中に置いてあったジャケットを母の肩に掛けて出発。施設の隣にあるトリミング店の看板犬を見に行く。何度も顔を見に行っているからか、最近は私たちが行っても鳴かずに立ち上がって迎えてくれる。しばらく母と見ていると、「寒いから帰ろ」と言うので施設へ戻る。

母をベッドへ移乗して、後片付けを済ませて部屋を出る。スタッフの方に、母の喉がゼイゼイ鳴っていることを伝えてから帰宅。

3月24日（土）

今日は大一家と一緒に母の元へ。チビちゃんたちが先に母の顔を見たいと言うので、全員で母に挨拶。母は食事を始めていて、チビちゃんたちが来たことに驚いているようだった。チビちゃんたちも、周りの入所者の皆さんから、口々に「可愛い」と言ってもらって嬉しそうだ。大たちは挨拶をしてから皆で昼食の買い出しに出かけ、私は母の介助をする。

何とか食べさせてから部屋へ戻り、みんなでランチ。母にはシェイクを頼んでおいたので、それをおやつ代わりに食べてもらう。一段落した後、全員で玄関へ。

チビちゃんたちは、一人が母が乗る車椅子の前に立ち、一人が後ろから押して遊んでいる。母は何も言わずにされるがまま。感情は読み取れないけれど、楽しんでいるようだ。

ひとしきり遊んでから部屋に戻り、着替えさせようとしたら姉の咲ちゃんが母の上着を持って待ってくれていた。日々成長しているんだなぁとしみじみ感じる。着替えさせてから、母をベッドへ移乗させて帰る準備。皆それぞれが母と挨拶をしてくれた。おチビちゃんたちの小さな手が母の顔に、手に触れる。皺だらけと、柔らかくて艶々のコントラスト。何とも表現しがたいものである。

3月30日（金）

世間は「プレミアムフライデー」らしいが、私には関係なし。いつものように母の元へ行って食事の介助。他の入所者さんはきちんと完食していらっしゃるのに、母はいつも半分以上残すので悲しくなる。

歯磨きを終えて帰ろうとしたら、ヘルパーさんが声をかけてくださった。でも「移乗は出来ますから大丈夫ですよ」と言ったら「ありがとうございます」と言ってくださった。部屋へ戻り、化粧水やブラッシングなどのケアをしてから「外へ行く？ それともコーヒー？」と尋ねると「コーヒー」と言うのでおやつにする。プリンを食べてから外へ。

隣のトリミング店の看板犬に挨拶をしてから商店街へ。だけどすぐに「寒い、帰ろ」と言い出したので引き返す。もう一度おやつを食べて、玄関まで散歩してから再び部屋へ。ベッドへ移乗したところで、オシメ交換になったので帰る準備。最近、涎が多くなってきたし、喉がゼイゼイと鳴ったり、咳き込んだりする回数が多くなってきているようで気になる。

4月6日（金）

新入生のオリエンテーションが少し早く終わったので、伊勢丹で母の好きなおやつを買って施設へ。部屋に行くと体を丸くして眠っていた。化粧水を塗っているところへ看護師さんが来られて、「今日はこれから花見です」とおっしゃる。車の中から花見をするということで、母に聞くと「腰が痛いからいいわ」と言う。でも気分転換になると思ったので、身支度を整える。

玄関に集合した全員を乗せるだけでも大変な時間と労力がかかるので、本当に頭が下がる。母を見送ってから帰宅。家でピアノを弾いていたら明美から電話で、「施設から電話があって母が9度の熱を出したので病院へ連れて行ってほしい」とのこと。急いで母の保険証や寝間着、タオルなどを準備して施設へ。

母は熱でだるいのか、ぐったりして眠っていた。「だるいの？」と尋ねると、いつものように「だるくない」と答えるが、介護タクシーを手配する。そして紹介状を待って病院へ。体温や血圧を測り、酸素の測定、心電図などの検査が続く。レントゲンも撮ってからようやく診察。健康な私でも疲れるのに、熱のある母はもっとつらいだろうと思うと可哀そうになった。

先生は入院を勧めてくださるのだが、母は首を縦に振らない。私も入院したほうが良いと思って母を説得。ようやくうなずいてくれたので、入院の手続きをする。案内されたのは、母の好きなテレビもなく、酸素など重々しい機械が準備された部屋だった。看護師さん曰く

「この部屋は重篤患者さんの部屋です」とのことだった。看護師さんたちに母を着替えさせてもらい、母に挨拶をして部屋を出る。

雨が酷いのでタクシーを呼ぼうと思ったけれど、どのタクシーも繋がらない。仕方なく、雨の中を歩いて帰る。まず孝ちゃんの家へ行き、状況を話してから自宅へ。その後明日持って行かなければならないオシメなどを準備。ぐったりと疲れ切って眠る。

4月10日（火）

今日から授業だとばかり思っていたら、明日からだった。せっかく行ったので仕事をしていたら、母の元へ行くのが遅くなってしまった。部屋に着いた時に母は眠っていたので、そっとパジャマを触る。それで目を覚ましてくれたのでおやつを出す。

お湯で顔を拭き、クリームを塗ってからベッドを起こす。プリンとケーキを食べてくれた。途中で「腰が痛い」と言い出したので触ろうとすると、「触らんといて、痛いから」と言う。それでベッドを倒すだけにしておく。

母の入院計画書をもらっていなかったので、ナースステーションへ行って確認。帰る準備をしていたら、計画書を持って来てくださった。それによると、母の病名は「気管支性肺炎の疑い」で約10日くらいの入院とか。今回は熱もすぐに下がったが、痰などの検査結果が出るまでは退院できないらしい。

母に挨拶をして病院を出る。途中、明美に診断書の写メを送り、施設のスタッフに母の病状について報告して帰宅。

4月20日（金）

早くも夏日で紫外線が強いらしいけれど、自転車で病院へ。昼食がなかなか届かない。ようやく届いたので、ヘルパーさんに車椅子に移乗させてから食べさせたいこと、今朝の食事の割合が表に記入されていないこと等を伝える。その後、移乗はさせてもらえたが、朝食については分からずじまいだった。

母の食事は、ミキサー食ではあるが、動物の模様やハート、星など、可愛くて彩りがいい。そのせいか、嫌がることなくスイスイと完食してくれた。食後は車椅子に乗せて、病院の廊下を散歩。部屋へ戻っておやつタイム。

マフィンやプリンなどを食べてくれたので、ベッドへ移乗させて後片付け。紙パンツがなくなっていたので、近くのドラッグストアへ買いに行く。それから母に挨拶をして帰宅。帰宅後、五条の叔父の家へ行って話をしている時に、病院から電話。内容としては先生との面談のアポやリハビリについてだったけれど、病院からの電話は母の容態が急変したのではないかと不安になる。

4月26日（木）

今日は先生との面談があったので急いで病院へ。部屋に入って母の顔を見ると、酸素マスクをしていたのでびっくり。眠っていたようだけれど、私が入って来た気配で目を開けてくれた。それで「どうしたの？　熱帯魚みたい！」と言ったら、同じ部屋にいた看護師さんが「熱帯魚みたいやて！」と言って笑っていた。

顔をタオルで拭いてから、化粧水やクリームを塗る。その後、おやつを食べている時に看護師さんがいらっしゃったので酸素のことを尋ねると、「酸素の数値が少し少ない」のだとか。「今は落ち着いているので大丈夫ですよ」と言ってくださった。

やがて看護師さんが呼びに来られて、先生と面談。先生は前回と今回の写真を比較して見せてくださった。比較して見ると、良くなっている箇所と、そうでない箇所があることがよく分かる。そして施設へ戻るには、完全に良くなってからという訳にはいかないだろうとおっしゃる。つまり、施設と病院を行ったり来たりと言うことになりそうだとか。

その後、ミキサー食を星や熊、ハート等の形にして提供してくださるこの病院のことをマスコミや施設の方に伝えたところ、見学に来てくださったということを伝えたら、喜んでくださった。食事が進まない病人を抱えている家族にとって、見た目からの食欲は、本当に嬉しいものであることも伝えた。その後部屋へ戻り、母に挨拶をしてから帰宅。

4月29日（日）

昨日から来てくれている大たち一家と一緒に病院へ。ちょうど食事が始まるところだったので、大たちには食事をして来てと伝えて、私は母の食事の介助。しかし、食べ物を飲み込もうとしない。「噛んで飲み込む」と何度言っても飲み込んでくれないので、ついつい声が大きくなってしまう。食べさせている半分は口からこぼれ落ちて、殆ど食べていない。腹が立つし、情けないし、辛くもあってイライラ。そんな私のことを他の患者さんの介助の方がチラチラと見る。上手く表現できないけれど、母の様子が歯痒く、悲しく、つらい。そんな母にいらだってうるさく言うと、母は怖い顔をして睨んでくる。母もつらいのだと思うと胸が痛むが、それでもこちらは何とか食べてほしいと思ってしまうのだ。つらい‼

大たちが戻ってきたので、食べさせるのをやめてうがいをさせる。食器を返しに行き、母からおチビちゃんたちへお菓子のプレゼント。大にはお小遣い。それからベッドへ移乗させて後片づけ。バイバイやハイタッチなど、皆がそれぞれ母に挨拶をして部屋を出る。

4月30日（月）

朝からタクシーを呼んで母の病院へ。眠っている母を起こさないように、退院に向けての荷造りを進める。荷物をまとめてから母に退院することを伝え、顔を拭き、化粧水等を塗る。着替えもさせてあげたかったけれど、持ってきていなかったので汚れを取るだけにしておく。

看護師さんが来てくださって、体温や血圧を測ってくださったが、どちらも少し高いと言われて悲しくなる。母に「もう少し入院する？」と尋ねると首を横に振る。何度測っても変わらないので、仕方なくそのまま部屋を出る。その時にお礼のお菓子を看護師さんに渡す。「いただけないんです」とおっしゃったが「もう退院するので患者ではありませんから」と言って手渡す。ナースステーションを通る時に、皆さんが出てきて手を振ってくださったので、「またお世話になると思います」と言っておいた。

施設の部屋に戻ってベッドへ移乗させてもらったら、母はホッとしたような表情をしていた。スタッフの方々が母の容態について聞き取りに来られて、その後昼食のためにホールへと連れて行ってくださった。その間に、私は書類などを提出するために1階の事務所へ。手続きを済ませてホールへ戻ると、母はいつもの席についていた。

久し振りに施設での食事で、食べないかと思ったら何とか食べてくれた。ふと母が顔を上げたので見ると、明美たちが立っていた。それで明美と交代。明美が食事の介助をして、歯磨きをして部屋へ帰り、髪をとかしてまとめてくれていた。それから着替えさせてベッドへ移乗。母はテレビを見始めたので、帰ることを告げて部屋を出る。明美と妹婿の田川さんの3人でランチをしてから帰宅。

5月1日（火）

授業が終わって伊勢丹で買い物をしてから母の元へ。2階のホールへ行くとヘルパーさんが「部屋で横になったはります」と言ってくださったので部屋へ。私が来たことは分かったようだけれど目を開けようとはしなかったので、だるいのかと気になる。持ってきたものを片付けていると先生が来られ、話があると言われたのでナースステーションへ。

先生から「噛んだり飲み込んだりという動作ができないから、病院でそれなりの処方を受けたほうがいい」と言われる。何も食べない、何も飲み込めないとなると、どうしようもないとのこと。先生は「そういうところまで来てるんです」と繰り返しおっしゃった。分かってはいるけれど、何度も繰り返されるとムッとなる。要するに病院へ戻れということなのだろうか。話を伺ってお礼を言い、部屋へ。

部屋に戻って、母にプリンを食べさせている時にヘルパーさんが来られ、「話がしたい」

とのこと。後始末をして、汚れものをまとめてから母に帰ることを伝える。いつものように「気ぃつけて」と言ってくれるが目の力が無い。体を動かしてやるたびに、骨ばった母の体に触れて悲しく感じる。つらい。

ヘルパーさんは「先ほどの話で先生が言葉足らずだったので、私からもう少し話しておこうと思いまして」と切り出された。延命治療をするとなれば、今のうちに病院へ行ったほうがいいし、このままの状態で最後まで看取るならこのままでも、とのことだった。先ほどの先生との話で、私がかなり苛立っていることを感じられたからだろう。色々なケースを話してくださったし、私もいろいろなことを話した。帰宅した時はぐったりという感じで、明美にだけは話をしておこうと電話をしたものの、上手くまとめられなかった。

夜の8時頃に母の施設から電話。9度近い熱が出ているので、点滴に切り替えて食事はなしにするとのこと。電話を切ってすぐに明美に電話。電話を切ってから、何もする気がしなくなってしまい、ただボ～っと時間だけが過ぎていった。

5月2日（水）

朝、母の施設から電話があって、熱が9度近くあるので病院を受診するようにとのこと。明美が行ってくれる日だけれど、こんなに早く行ってとは言えないので私が行くことに。「すぐにそちらに行きますから、病院へ出掛けられるように準備をお願いします」と言って電話を切った後、明美に連絡。急いで施設へ。

すでに明美が来てくれていたので、タクシーから荷物を降ろして田川さんの車に乗せてもらう。緊急で診てもらえるということですぐに病院へ。検査を済ませてから部屋へ案内された。前回の入院時と同じ部屋で、ベッドに寝かせてもらった後、持って来た物をロッカー等に入れる。

一段落したら2時だったので、明美たちとランチへ。部屋へ戻って、看護師さんから書類を受け取ってから、母に帰ることを伝える。だるいのか、目は閉じたままだったが「気ぃ付けて」と言う。「気を付けるのは、自分や」と突っ込みを入れたい気持ちで部屋を出る。

5月8日（火）

今日は市大で自分の診察を受けた後、買い物などを済ませて母の病院へ。ロッカーをチェックすると尿パッドが少ししかなかったので、ドラッグストアへ買いに行ってから戻る。食事は届いていたけれど、トレイのまま。どうすればいいのか分からず戸惑っていたら、母が「腰が痛いから、動かして」と言う。横へ向かせたら血が出ていたのですぐに看護師さんを呼ぶ。点滴が漏れているとのことで、すぐに点滴を止めてくださった。

食事はベッドを起こしてということなので、ベッドを起こしてエプロンをさせる。母は何も言わないので、イライラしてつい「声を出して」と大きな声で言う。それを聞いた斜め前の患者さんが「えらい怒ったはる」とおっしゃる。母は耳が遠いので、何事も内緒には出来ないので嫌になる。

食事は相変わらず進まない。喉に詰めたら大変だと思うと強引に食べさせることもできず、少しずつとは思うけれどなかなか難しい。食べながら眠ってしまう母を起こして、何とか1割ほど食べさせる。

食後は肌や髪のケア。途中で看護師さんが来られて、体温をチェック。「6度7分です」とおっしゃったので少し安心。その後、中断していた点滴を再開してくださる。腕には刺さらなかったので足に刺してもらい、体勢を整えてくださった。話好きな看護師さんで「今日はお仕事なんですか？」と聞かれたので休講にしたことを伝える。母のことも聞いてくださったので、私が子供の頃は迫力があったこと、英語やピアノを母が手ほどきしてくれたことなどを話す。

看護師さんが出て行かれた後、母に「帰るわ」と挨拶したけれど、いつものような「気ぃつけて」が返ってこなかった。寂しい。

5月10日（木）

昨日の夕方、再び熱が出ていると妹から連絡があった。心配だったので授業を終えてすぐに病院へ。しかし病室に母の姿はなく、「ひょっとして、まさか？」と思いながらナースステーションで尋ねたら「ひょっとして」いた。ナースステーションのすぐ隣の重篤患者の部屋に移されていたのだ。母の顔を見るのは辛かったけれど、そんなことも言っていられない。傍らへ行って「大丈夫？」と大きな声を張り上げた。少し呼吸が荒かったがうなずいてくれた。苦しそうだったけれど気丈に対応している母を見て、母らしいと思った。

私が部屋にいることを知って看護師さんが来られ「主治医がお話ししたいとのことです」と言われたのでお会いする。まず「延命処置に関してどうしますか？」と尋ねられた。私は助けられるものなら、どんなことをしても助けたいと思っていた。しかしその一方で、怖がりで痛がりの母を傷つけたりするのは可哀そうだとも感じる。

どうするのが最も母のためになるのか迷っていると、主治医のM先生がご自身のお母様の時の話をしてくださった。先生のお母様への対応は、私が考えていた母への対応と同じだったので、そのようにしていただきたいとお願いする。次に「お母様に会わせたいと思っている人がいるなら、知らせてあげてください」とのことだった。この言葉で、母はもう長くないことを知る。体が鉛のように重く感じた。

主治医との面談を終えた後、すぐに明美に電話をして来るように伝えた。私は、母の動きを見落とさないように、ずっと母の手を握り続けた。頭の中では「このまま母がいなくなったらどうしよう」という不安と「母は頑張り屋さんだから不死鳥のように甦るはずだ」という希望が渦巻く。どれだけ時間が経ったのか分からなかったけれど、明美夫婦が部屋に入って来た。すぐに母の所へ行って声をかける妹に、母は手を少し上げて妹に挨拶をしているように見えた。

明美たちが「自分たちがいるから食事を」と言ってくれるが、何も食べられそうになかったので3人で母を見守る。そこへ看護師さんが「今晩はどうされますか？」と言って来てくださった。私は病室に泊まることにして、妹たちを帰らせる。幼い頃から母のつらい表情を見た記憶がない。だからつらそうに呼吸している母の様子を見ると、代われるものなら代わってあげたいと感じる。じっと母の顔を見て、手を握る。自分も少しは眠らなければと思うのだが、母が手を上げて私を呼んでいるのではないか、そう思うと眠れない。

何時かは分からないけれど、母の呼吸が一段と苦しそうになった。妹にすぐ来るようにと連絡し、何もできない自分の無力さを情けなく、腹立たしく感じながら、ただ母の顔を見つめて手を握り続けた。

そこへ突然、看護師さんが数人入って来られた。何事かと思ったら、グラフが波形ではなく直線になっている。「うそっ！」と叫びながら母の方を向き、「ママさん、明美が来るから頑張って〜！」と叫んだ。恥も外聞もなく必死だった。すると、直線だったグラフが再び波形に変わったのだ。「待ったはるんやなあ」と看護師さんが話しておられる。妹が来るまでなんとか頑張ってほしいと祈り続けたけれど、無情にも計器のグラフは再び直線に。それからはもう波形が戻ることはなく、私は言葉を発する力も失っていた。

ひ孫の咲ちゃん、莉っちゃんとともに

おわりに

母を見送った後、仏事など最低限度のことは出来たものの、日々の生活に追われていました。というより、今から思えば、母の死という悲しみから逃れようとしていたのかもしれません。母の物を整理しなければと思うのですが、必要な物を探すとき以外のことで母の部屋に入るのは、今でもつらいものがあります。

秋のお彼岸が終わった頃、これまでの母の介護日記をまとめることで、同じ経験をしておられる方々の参考になるかもしれないと思いました。またそれが、母の一周忌の供養になるかもしれないとも思い、自分の日記を読み返そうとしましたが、涙が溢れて数ページも読むことが出来ず、断念しました。

今年に入って「卒業式後のパーティーでの学科の出し物を、例年通りにお願いします」と同僚から言われました。卒業後のパーティーでは、学科ごとに何か余興を行うのが恒例行事となっており、私たち英文科は毎年和洋の歌を合唱しています。その合唱で、私はいつもピアノで伴奏をしていたので、今年も伴奏をしてほしいと声をかけていただいたのです。

実は、私のピアノは母に手ほどきをしてもらったもの。私が3歳半の頃から、母は私が座っている椅子の後ろに立ってレッスンを見守ってくれました。しかし、うまく弾けない時は母にきつく叱られたので、よく泣きながら弾いていたことを覚えています。ピアノを弾くとどうしても母のことを思い出してしまうので、母の死後、ピアノには一切手をふれていなかったのです。

2月の中旬に伴奏を頼まれたものの、ピアノに向かうことは出来ませんでした。けれど、3月に入って卒業式が近づいてくるとそうはいきません。3日ほど前になってようやくピアノの上蓋を開き、譜面台を立て、鍵盤のふたを開けました。両手で鍵盤を押さえた途端に、涙がどっと溢れ出しました。幼い頃は、後ろに立っている母のことを、鬼以上に嫌な、恐ろしい存在だと感じていたのに、その時は礎を作ってくれた母への感謝や寂しさなどが溢れだしました。

ピアノだけではなく英語に関しても、母は幼い頃から日常生活に取り入れ、辞書の引き方や発音記号の読み方などの基礎を作ってくれました。私が今、この分野で仕事が出来ているのも、母のおかげだと感謝しています。

親の介護は、厄介なことでは決してありません。介護の経験を通して思ったことは、親のことや自分のこと、また自分たちが歩んできた過去を振り返る時期でもあるということです。親兄弟との様々な出来事が思い出され、新たな信頼関係や感謝なども生まれました。

また母の介護を通して、人の本質を理解することが出来ました。嬉しかったのは、困っている時に手を差し伸べ、協力して下さった方々がたくさんあったことでした。妹夫婦、そして妹の息子（甥）家族、お向かいの菊田孝子様をはじめ、たくさんの友人知人の方々、またお世話になった施設や病院の皆様には、心よりお礼申し上げます。

また、母の一周忌には間に合わなかったけれど、三周忌には絶対に間に合わせたいという無理を聞いてくださった朝日出版社の皆さま、特に多田慎哉様には何度もご足労いただき、お礼の申し上げようもございません。本当にありがとうございました。

吉野啓子

母を中心に、妹夫婦と私

著者略歴

吉野啓子（よしの　けいこ）

京都ノートルダム女子大学教授。著書に『英語で読み解く世界』（共著、昭和堂）、『もっと生きたい　白血病と肝臓ガンで逝った夫とその妻の手記』（南雲堂）、『キャサリン・マンスフィールド　作品の醍醐味』（朝日出版社）、『いじめからあなたの笑顔を取り戻したい』（浪速社）、『英語海外研修シャペロン奮闘記』（浪速社）など。

他に、キャサリン・マンスフィールド、ジョージ・エリオット、エリザベス・ボウエンなどに関する論文を大学紀要や学会誌などに多数掲載。

介護、その喜怒哀楽
～母と共に闘った1909日の記録～

二〇二〇年三月三十日　初版第一刷発行

編　者　吉野啓子
発行者　原　雅久
発行所　株式会社　朝日出版社
〒一〇一-〇〇六五　東京都千代田区西神田三-三-五
TEL　〇三-三二六三-三三二一
FAX　〇三-五二二六-九五九九
DTP　株式会社フォレスト
印刷・製本　図書印刷株式会社

ISBN978-4-255-01185-1 C0095